Diogenes Taschenbuch 21326

de
te
be

Evelyn Waugh

Gilbert Pinfolds Höllenfahrt

Ein Genrebild

Aus dem Englischen von Irmgard Andrae

Diogenes

Titel der Originalausgabe:
›The Ordeal of Gilbert Pinfold‹
Erstmals erschienen im Verlag Chapman & Hall, London 1957

Umschlagillustration:
Oiseau Bleu
aus: Feuillets de l'élégance féminine, Paris 1926

*Für Daphne
im Vertrauen darauf,
daß ihre Zuneigung und Teilnahme
auch den armen Pinfold mit einschließen.*

Neuübersetzung

80/87/36/1
ISBN 3 257 21326 3

Inhalt

Bildnis des Künstlers in mittleren Jahren 7
Zusammenbruch eines älteren Herrn 22
Ein Unglücksschiff 36
Die Halunken 68
Der internationale Zwischenfall 93
Ein menschlicher Zug 107
Die Schurken werden entlarvt – aber nicht zu Fall gebracht 129
Pinfold kehrt zurück 155

Bildnis des Künstlers in mittleren Jahren

Es kann gut sein, daß in den nächsten hundert Jahren die englischen Romanschriftsteller unserer Zeit etwa so eingeschätzt werden, wie wir heute die bildenden Künstler des späten 18. Jahrhunderts sehen. Zwar ist das Zeitalter der kraftvollen Schöpfernaturen, der wahrhaften Genies, vorüber, doch bringt es unsere Generation an ihrer Stelle noch immer durch Reichtum, Verfeinerung und Vielfalt der Formen zu einer bescheidenen Blüte. Mag sein, daß magere Jahre kommen und unsere Nachfahren sehnsüchtig auf eine Epoche zurückschauen werden, in der immerhin noch viele Talente bereit und fähig waren, ihre Leser zu unterhalten.

Unter solchen Autoren nahm Mr. Pinfold einen guten Platz ein. Er hatte mit fünfzig Jahren, als sein Abenteuer begann, schon ein rundes Dutzend Bücher geschrieben, die alle noch immer gekauft und gelesen wurden. Sie waren in viele Sprachen übersetzt worden und erfreuten sich namentlich in den Vereinigten Staaten eines zwar wechselnden, doch zuzeiten äußerst lukrativen Erfolges.

Viele ausländische Studenten wählten Mr. Pinfolds Romane als Themen für ihre Doktorarbeiten. Doch wenn sie versuchten, in seinem Werk kosmische Bedeutungen aufzuspüren, oder eine Verbindung mit der gerade herrschenden philosophischen, soziologischen oder psychologischen Theorie herzustellen, wurden sie bei Anfragen mit ehrlichen, aber kurzen Auskünften abgespeist – ganz im Gegensatz zu ihren Kollegen, die sich selbstgefälligere Schriftsteller ausgesucht hatten und mit deren Antworten ihre halbe Dissertation bestreiten konnten. Mr. Pinfold teilte nichts von sich mit. Nicht, daß er von Natur aus verschlossen gewesen wäre, er hatte diesen Studenten nur einfach nichts zu sagen. Seine Bücher waren für ihn Dinge, die er zwar gemacht hatte, die aber jetzt außerhalb von ihm existierten, um von anderen benutzt und beurteilt zu werden. Er hielt sie für gut geschrieben, besser als manche anderen, angeblich genialen Werke, aber er bildete sich nichts darauf ein, schon gar nicht auf sein Ansehen als Schriftsteller. Er hatte nicht den Wunsch, das, was er geschrieben hatte, rückgängig zu machen, doch hätte er viel darum gegeben, es überarbeiten zu dürfen. Er beneidete die Maler, die immer wieder zum selben Thema zurückkehren können, um es deutlicher und reicher zu gestalten, bis es ihrer Vorstellung vollkommen entspricht. Ein Romanautor hingegen ist dazu verpflichtet, immer Neues hervorzubringen, andere Namen für neue Gestalten, neue Ereignisse und neue Schauplätze zu erfinden. Dabei war Mr. Pinfold der Ansicht, daß die meisten Autoren nur die Keimzellen für ein oder zwei Bücher in sich tragen; alles andere ist lediglich berufsmäßige Betrügerei, der sich sogar die größten Genies wie Dickens und Balzac offensichtlich schuldig gemacht hatten.

Als er sein einundfünfzigstes Lebensjahr begann, schien es Mr. Pinfold in jeder Hinsicht gutzugehen. Als Kind liebevoll, lebhaft und eifrig, in der Jugend zerstreut und oft unglücklich, als junger Mann selbstbewußt und erfolgreich, hatte er in mittleren Jahren weniger nachgelassen als andere seines Jahrgangs. Diese Überlegenheit verdankte er seinem ungestörten, beschaulichen Leben in Lychpole, einem abgelegenen Dorf etwa hundert Meilen von London entfernt.

Mr. Pinfold liebte seine Frau, die um viele Jahre jünger war als er und die die kleine Landwirtschaft betrieb. Sie hatten viele gesunde, gutaussehende und wohlerzogene Kinder, und sein

Einkommen war gerade hoch genug, sie alle auf angesehene Privatschulen zu schicken. Früher hatte er weite Reisen gemacht; jetzt verbrachte er den größten Teil des Jahres in dem verwohnten alten Haus, das er im Lauf der Zeit mit Bildern, Büchern und Möbeln nach seinem Geschmack ausgestattet hatte. Während des Krieges hatte er als Soldat mancherlei Strapazen und Gefahren wacker durchgestanden. Nach Kriegsende hatte er sich dann weitgehend zurückgezogen. Am Leben des Dorfes nahm er nur gelegentlich teil: zwar spendete er angemessene Beträge für allerlei Veranstaltungen, aber er wollte keine führende Rolle spielen und hatte keinerlei Interesse an Sport oder Lokalpolitik. An Parlamentswahlen beteiligte er sich nie, weil er seine eigenen konservativen Ansichten hatte, die zu keiner der politischen Parteien der Zeit paßten und von seinen Nachbarn als fast ebenso bedrohlich empfunden wurden wie der Sozialismus.

Seine Nachbarschaft war typisch für die englischen Landeigentümer jener Zeit. Ein paar Großgrundbesitzer betrieben Landwirtschaft in größerem Stil; andere waren reiche Geschäftsleute, die nur zur Jagd herkamen. Die meisten aber mußten sich nach der Decke strecken, ältere Leute, die, als die Pinfolds sich in Lychpole niederließen, noch bequem mit Dienerschaft und Pferden lebten. Jetzt wohnten sie in kleineren Häusern und trafen sich beim Einkaufen im Fischladen. Die meisten waren miteinander verwandt und bildeten eine Art Clique. Colonel Bagnold und Frau, Mr. und Mrs. Graves, Mrs. Fawdle und ihre Tochter, Colonel Garbett und Miss Garbett, Lady Fawdle-Upton und Miss Clarissa Bagnold lebten alle innerhalb eines Zehnmeilenkreises rund um Lychpole. Alle hingen irgendwie zusammen. In den ersten Jahren ihrer Ehe waren Mr. und Mrs. Pinfold bei allen zum Dinner gewesen und hatten sie ihrerseits eingeladen. Seit dem Krieg jedoch waren diese Gelegenheiten infolge der allgemein verschlechterten Vermögenslage, die nur die Familie Pinfold nicht betraf, seltener geworden.

Die Pinfolds hefteten ihren Bekannten gern Spitznamen an und hatten für jeden von ihnen eine private Bezeichnung, die nicht boshaft, aber doch ein wenig spöttisch war und auf irgendeinen halbvergessenen Vorfall in längstvergangener Zeit zurückzugehen pflegte.

Ihr nächster Nachbar und der, den sie am häufigsten sahen, war Reginald Graves-Upton, ein Onkel der Graves-Uptons in dem zehn Meilen entfernten Upper Mewling, ein gutmütiger alter Junggeselle, der ein Strohdachhäuschen ganz in der Nähe bewohnte und Bienen züchtete. Sonntags morgens nahm er seinen Weg zur Kirche quer über die Wiesen und brachte seinen Cairn-Terrier zu den Pinfolds, während er zur Messe ging. Danach holte er ihn wieder ab und blieb dann gern ein Viertelstündchen, trank einen Sherry und ließ sich über das Radioprogramm aus, das er in der vergangenen Woche gehört hatte. Diesen gebildeten, wohlerzogenen alten Herrn nannten sie unter sich »den Boxer«, manchmal auch, davon abgeleitet, »Mops«, »Bulldogge« oder »Alter Faustheld«, seit er sich vor einigen Jahren ein weiteres Hobby zugelegt hatte, bei dem sich alles um die »Box« drehte. Diese Box war eine von vielen, die es in verschiedenen Teilen des Landes gab. Sie wurde trotz des Mißtrauens von Reginalds Neffen und der Nichte in Upper Mewling aufgestellt. Mrs. Pinfold, die einmal mitgekommen war, um sie sich anzuschauen, fand, daß sie wie ein selbstgebastelter Radioapparat aussah. Nach Ansicht des Boxers und anderer Gutgläubiger verfügte die Box über außerordentliche diagnostische und therapeutische Kräfte. Man brauchte dazu nur irgendein Stückchen vom Körper eines kranken Menschen oder Tieres – ein Haar etwa oder ein Tröpfchen Blut. Damit wurde die Box auf die »Bio-Strahlung« des Patienten eingestellt und auf diese Weise die Art der Krankheit und gleichzeitig die beste Behandlungsmethode entdeckt.

Mr. Pinfold war ebenso skeptisch wie die jungen Graves-Uptons, aber seine Frau meinte, es müsse doch etwas daran sein. Schließlich hatte man es an Lady Fawdle-Upton ohne ihr Wissen ausprobiert, als sie an einem Nesselfieber litt, und der Heilerfolg hatte sich unverzüglich eingestellt.

»Alles nur Suggestion«, verkündete die junge Mrs. Graves-Uptons.

»Wenn sie nichts davon wußte, war es keine Suggestion«, gab Mr. Pinfold zu bedenken.

»Natürlich nicht. Man muß eben nur die Bio-Strahlung messen«, erwiderte Mrs. Pinfold.

»Ein sehr gefährliches Gerät, wenn es in falsche Hände gelangt.«

»Aber nein. Das ist ja das Gute daran. Die Box kann keinen Schaden anrichten. Sie gibt einfach nur Lebensenergie weiter. Fanny Graves hat es an ihrem Spaniel ausprobiert, wegen der ewigen Würmer. Von der Lebensstrahlung fingen die Würmer enorm zu wachsen an. So groß wie Schlangen, sagt Fanny.«

»Ich habe den Eindruck, diese Box hat etwas mit Zauberei und schwarzer Magie zu tun«, sagte Mr. Pinfold zu seiner Frau, als sie endlich allein waren. »Du solltest es bei der Beichte erwähnen.«

»Glaubst du das im Ernst?«

»Nein, nicht so ganz. Es ist wohl doch nur eine harmlose Spielerei.«

Da die Kirchengemeinden im geselligen Leben der Gegend eine große Rolle spielten, gab es zwischen den Pinfolds und ihren Nachbarn eine zwar nicht sehr hohe, jedoch deutlich spürbare Schranke. Die Pinfolds waren römisch-katholisch, Mrs. Pinfold durch ihre Herkunft, Mr. Pinfold durch späteren Glaubenswechsel. Er war als junger Mann von der Kirche aufgenommen worden – »Konversion« unterstellt ein viel zu plötzliches und gefühlsbeladenes Ereignis im Vergleich zu der ruhigen Art, wie er die neuen Glaubenslehren akzeptiert hatte – zu einer Zeit, als viele humanistisch erzogene junge Engländer sich dem Kommunismus in die Arme warfen. Anders als diese alle blieb Mr. Pinfold seiner Entscheidung treu. Aber man hielt ihn allgemein mehr für bigott als für fromm. Vom Beruf des Schriftstellers hat die Kirche ohnehin eine schlechte Meinung; sie schätzt ihn mindestens als oberflächlich, schlimmstenfalls sogar als lasterhaft ein. Nach damaligem Maßstab führte er überdies ein ziemlich freizügiges Leben und übte in seinen Büchern keine besondere Zurückhaltung. Gerade zu dieser Zeit forderte die Kirche die englischen Katholiken auf, aus den Katakomben heraus in die Öffentlichkeit zu kommen; sie sollten stärkeren Einfluß auf die Politik ihres Landes nehmen und ihren Glauben eher als eine gemeinsame Sache statt als Privatvergnügen betrachten. Mr. Pinfold jedoch zog sich ganz in sich zurück. Auf Reisen suchte er zur Messe eine möglichst kleine, bescheidene Kirche auf, und zu Hause hielt er sich fern von den verschiedenen Vereinen und Verbänden, die im Sinne der Kirche die Welt verbessern wollten.

Dennoch war Mr. Pinfold keineswegs ohne Freunde, und die er hatte, bedeuteten ihm viel. Es waren die Menschen, mit denen er in den zwanziger und dreißiger Jahren vertrauten Umgang gehabt hatte und die nun mit ihm zusammen alt wurden, die als religiöse Minderheit in ihren Vierzigern und Fünfzigern engere Verbindung zueinander hielten. Die Männer im Bellamy-Club und die Frauen in den schmalbrüstigen, hübschen Häusern in Belgravia und Westminster, wohin die üppige Geselligkeit der Vorkriegsjahre ihren Abstieg vollzogen hatte.

In den letzten Jahren hatte er keine neuen Freundschaften mehr geschlossen. Manchmal glaubte er bei seinen alten Freunden eine leichte Abkühlung zu spüren. Anscheinend war immer er es, der ein Wiedersehen vorschlug, und sie waren immer die ersten, die sich verabschiedeten. Besonders sein Freund Roger Stillingfleet, der ihm einmal sehr nahegestanden hatte, ging ihm jetzt aus dem Weg. Stillingfleet war ebenfalls Schriftsteller, einer der wenigen, die Mr. Pinfold wirklich mochte, und es gab eigentlich keinen Anlaß für eine Entfremdung. Als er sich umhörte, bedeutete man ihm, Roger sei in letzter Zeit etwas wunderlich geworden. Er käme kaum mehr in den Klub, hieß es, außer um seine Briefe abzuholen oder einen Besucher aus Amerika zu bewirten.

Manchmal dachte Mr. Pinfold, daß er die anderen einfach langweile. Seine Ansichten waren so festgefügt und in vielem negativ: er verabscheute Plastikstoffe, Picasso, Sonnenbaden und Jazz – eigentlich alles, was sich im Laufe seines Lebens entwickelt hatte und bekannt geworden war. Zwar verpflichtete seine Religion ihn zu Nachsicht und Milde, aber das führte nur dazu, daß sein Widerwille sich in Verdrossenheit äußerte. In den dreißiger Jahren hatte es eine Redewendung gegeben, die die Menschen aufstören sollte: »Es ist später, als ihr denkt!«, aber Mr. Pinfold fand, daß es niemals später war, als er dachte. Wenn er tagsüber oder nachts von Zeit zu Zeit auf die Uhr blickte, stellte er jedesmal enttäuscht fest, wie wenig von seinem Leben vergangen war und wie viel er noch vor sich hatte. Er wünschte niemandem ein Unglück, aber er betrachtete die Welt *sub specie aeternitatis* und fand sie flach wie eine Landkarte. Allerdings, wenn er sich, was häufig vorkam, über irgendeine Kleinigkeit ärgerte, kam er augenblicklich von seinem erhabenen Standpunkt herunter. Über eine einzige Flasche schlechten Weines, einen aufdringlichen Besucher oder über nachlässigen Stil in einem Buch regte er sich so auf, daß sein Bewußtsein sich wie ein Kameraobjektiv verengte und nur noch den jeweiligen Stein des Anstoßes wahrnehmen konnte.

Wie ein Unteroffizier, der in übertriebenem, teilweise gespieltem Zorn, halb ungläubig, halb humorvoll seine Mannschaft anbrüllt, wirkte er dann auf andere teils komisch, teils erschreckend.

Es hatte eine Zeit gegeben, in der seine Bekannten all dies amüsant fanden. Sie zitierten seine sarkastischen Aussprüche und erfanden sogar Anekdoten über seine Bärbeißigkeit, die als »typisch Pinfold« weitererzählt wurden.

Jetzt mußte er sich manchmal eingestehen, daß seine Eigenheiten etwas von ihrer Anziehungskraft auf die anderen verloren hatten, aber er fühlte sich zu alt, um sich zu ändern.

Als Schuljunge, in der Pubertät, als seine Klassenkameraden sich in ausgemachte Flegel verwandelten, war er so zurückhaltend gewesen, wie es der Boxer heute war. Und am Anfang seiner Schriftstellerlaufbahn, als die ersten Erfolge sich einstellten, hatte seine Schüchternheit ihm sogar einen gewissen Charme verliehen. Aber mit zunehmendem Wohlstand hatte sich dies geändert. Er kannte feinfühlige Menschen, die hinter einer Maske Schutz suchten vor den Kränkungen und Ungerechtigkeiten des Lebens; er selbst jedoch hatte so etwas nie nötig gehabt, denn er war liebevoll erzogen und auch als Schriftsteller schon früh anerkannt und belohnt worden. Nein, was er zu schützen hatte, war eher seine Anspruchslosigkeit; ihretwegen übernahm er, zunächst ungewollt, die Rolle des Possenreißers. Zwar war er kein Gelehrter und auch kein Berufsoffizier, aber die Rolle, die er sich selbst zuteilte, war eine Mischung aus weltfremdem Professor und griesgrämigem Oberst. Diese spielte er seinen Freunden in London und in Lychpole seinen Kindern so ausdauernd vor, daß sie ihm schließlich zur zweiten Natur wurde. Sowie er unter Menschen ging, ob er nun seinen Klub betrat oder zu Hause die Treppen zum Kinderzimmer hinaufstieg, ließ er eine Hälfte seines Ich zurück, und die andere Hälfte dehnte sich augenblicklich aus und erfüllte ihn ganz. Nach außen umgab er sich mit dem Anschein von Großspurigkeit und einem nicht immer taktvollen Humor, einem Panzer, so undurchdringlich, glänzend und veraltet wie eine Ritterrüstung.

Mr. Pinfolds Kinderfrau hatte zwei immer wiederkehrende Sprichworte: »Mach-mir-nichts-draus endet am Galgen« war das eine, das andere lautete: »Stock und Stein bricht mir das Bein, aber Redensarten tun nicht weh.« Mr. Pinfold machte sich tatsächlich nichts aus dem, was die Leute im Dorf oder in der Nachbarschaft über ihn reden mochten. Als kleiner Junge wollte er um keinen Preis ausgelacht werden, jetzt, als Erwachsener, hatte er ein dickes Fell. Seit langem schon hatte er Reporter und Journalisten, die auf Material für ein »Profil« von ihm aus waren, einfach abgewiesen. Einmal in der Woche brachte sein Agent ihm die Zeitungsausschnitte mit den Rezensionen, darunter oft genug ein paar Verrisse, doch er nahm die Kritik ohne Verärgerung entgegen. Diese Gelassenheit gehörte zu dem Preis, den man für ein ungestörtes Leben zahlen mußte. Es kamen auch Briefe von völlig Fremden, die zum Teil beleidigend, zum Teil voller Lob waren, aber was Urteilsfähigkeit oder Stil betraf, war die eine Sorte nicht besser als die andere. Er beantwortete beide mit demselben vorgedruckten Brief.

Seine Tage vergingen mit Schreiben, Lesen und Allerweltsbeschäftigungen. Eine Sekretärin hatte er nie gehabt, und seit zwei Jahren kam er auch ohne persönlichen Diener aus. Er bedauerte dies keineswegs, denn er fühlte sich durchaus imstande, seine Briefe selbst zu schreiben, seine Rechnungen zu bezahlen, Päckchen zu verschicken und seine Kleider selbst wegzuräumen. In der Nacht träumte er häufig davon, wie er das Kreuzworträtsel der ›Times‹ löste, doch er kannte keine Angstträume, es sei denn der, daß er seiner Familie ein sterbenslangweiliges Buch vorlesen müsse.

Körperlich war er mit Ende Vierzig ziemlich träge geworden. Die Zeiten, da er an der Herbstjagd teilnahm, lange Spaziergänge machte, seinen Garten umgrub und kleinere Bäume selbst fällte, waren vorbei. Jetzt verbrachte er den größten Teil des Tages im Sessel. Er aß weniger, trank aber mehr und nahm zu. Nur selten war er so krank, daß er das Bett hüten mußte. Von Zeit zu Zeit zwickte und zwackte es ihn in den Muskeln und Gelenken – ob Arthritis, Gicht, Rheumatismus oder kleine Entzündungen, es waren Alltagsleiden, ihre wissenschaftlichen Namen nicht wert. Mr. Pinfold konsultierte nur selten seinen Arzt, doch wenn, dann als Privatpatient. Seine Kinder wurden vom staatlichen Gesundheitsdienst versorgt, für sich selbst jedoch wollte er die persönliche Beziehung aufrechterhalten, die sich in den ersten Jahren ergeben hatte, nachdem er nach Lychpole gezogen war.

Dr. Drake hatte die Praxis von seinem Vater geerbt und war in der Gegend seit langem eingesessen und tief verwurzelt, zumal der ansässige Grundstücksmakler sein Bruder, der Anwalt sein Schwager und drei Pfarrer der umliegenden Dörfer seine Vettern waren. Er war von hagerer, kräftiger Gestalt, wettergegerbt und verbrachte seine Freizeit am liebsten an der frischen Luft. Er war kein Mediziner mit überdurchschnittlichen Fähigkeiten, aber das war Mr. Pinfold nur recht. Er litt an denselben Schmerzen wie Mr. Pinfold, vielleicht noch schlimmer, und fand, das sei in ihrer beider Alter nicht anders zu erwarten. Schließlich hatte fast jedermann in der Gegend damit zu tun. Und Lychpole war sicherlich besonders kalt und feucht.

Mr. Pinfold schlief auch schlecht. Er quälte sich damit schon seit fünfundzwanzig Jahren, nahm verschiedene Beruhigungsmittel und verließ sich seit mindestens zehn Jahren auf Tabletten, die er sich auf ein altes Rezept in einer Londoner Apotheke kaufte. Sie enthielten Chloral und Bromid, und er sagte Dr. Drake nichts davon. Wenn er an einem Buch arbeitete, gingen ihm manchmal die Sätze, die er tagsüber geschrieben hatte, während der Nacht nicht aus dem Kopf. Sie bewegten sich wie ein

Kaleidoskop vor seinen Augen, die Wörter verschoben sich hierhin und dahin, bis er aus dem Bett stieg und hinunter in sein Arbeitszimmer schlich, um eine winzige Korrektur anzubringen. Wieder in seinem Bett, lag er im Dunkeln und baute seine Sätze wieder um; es blieb ihm nichts übrig, er mußte wieder zu seinem Manuskript hinunter. Aber solche Tage und Nächte der Besessenheit, die man ohne Übertreibung als schöpferisch bezeichnen konnte, waren nicht sehr zahlreich. In den meisten Nächten gab es nichts, was ihn quälte oder ängstigte, da war nur die schreckliche Langeweile. Selbst nach einem müßig verbrachten Tag wünschte er sich, nichts zu wissen und zu fühlen, und das sechs oder sieben Stunden lang. Nur wenn er die bekam und in der nächsten Nacht wieder darauf rechnen konnte, hielt er den Leerlauf der Tage in halbwegs erträglicher Stimmung durch. Und daher war ihm sein Schlafmittel unentbehrlich.

Um Mr. Pinfolds fünfzigsten Geburtstag herum traten zwei Ereignisse ein, die zunächst ganz alltäglich erschienen, dann aber bei seinen späteren Abenteuern größere Bedeutung bekamen.

Das erste betraf eigentlich mehr Mrs. Pinfold. Während des Krieges hatten die Pinfolds ihr Haus in Lychpole einem Kloster und die dazugehörigen Wiesen einem Viehzüchter verpachtet. Dieser Mann, der Hill hieß, hatte eine Menge Grasland in der Gemeinde und in der Umgebung zusammengepachtet und hielt darauf, mit stiller Duldung der Behörden, eine Herde Milchvieh, das nicht staatlich erfaßt und überwacht war. Als die Pinfolds 1945 zurückkamen, war die Weide ungepflegt und stank, die Zäune waren verfallen. Sie verlangten ihr Land zurück, und die Kriegsagrarkommission entschied sofort zu ihren Gunsten, obwohl sie sonst eher die erworbenen Rechte der Pächter berücksichtigte. Wenn Mrs. Pinfold energisch darauf bestanden hätte, wäre sie Hill schon zu Michaelis losgewesen, aber Hill war pfiffig und Mrs. Pinfold allzu gutherzig. Er bettelte, flehte und blieb bis Mariä Verkündigung und dann wieder bis Michaelis. Inzwischen hatte er Gewohnheitsrechte erworben, von denen er nicht abging. Schließlich nach vier Jahren fing er an, die Wiesen einzeln zurückzugeben. Die Kommission, die immer noch existierte, erschien erneut, besichtigte das Streitobjekt und entschied wieder zu Mrs. Pinfolds Gunsten. Nun nahm Hill sich einen Anwalt und prozessierte, und die Angelegenheit schleppte sich fort. Mr. Pinfold hielt sich von dem Streit innerlich fern, aber die Aufregung, die sie seiner Frau verursachte, teilte sich ihm doch mit. Schließlich bequemte Hill sich im Herbst 1949 endlich fortzugehen. Im Dorfgasthaus rühmte er sich noch lauthals seiner Geschäftstüchtigkeit, und dann verschwand er mit beträchtlichem Gewinn in der Tasche in einen anderen Teil der Grafschaft.

Kurz darauf trat das zweite Ereignis ein. Mr. Pinfold erhielt eine Einladung von BBC London zu einem Rundfunkinterview. Solche Anfragen hatte er in den zurückliegenden zwanzig Jahren öfters bekommen und jedesmal abgelehnt. Diesmal aber wurde ein ungewöhnlich großzügiges Honorar angeboten, und auch die äußeren Bedingungen waren sehr günstig, da er nicht einmal nach London zu fahren brauchte. Die Techniker sollten mit ihren Geräten nach Lychpole kommen, und er brauchte weder ein Skript zu verfassen noch sich sonst irgendwie vorzubereiten; die ganze Sache würde nicht länger als eine Stunde dauern. In einem unbedachten Augenblick stimmte Mr. Pinfold zu und bereute es noch im selben Moment.

Am festgesetzten Tag gegen Ende der Sommerferien, gleich nach dem Frühstück, erschienen vor dem Haus eine Limousine und ein Funkwagen, um den sich sofort die jüngeren Kinder versammelten. Mr. Pinfold fühlte sich an die Funkerei im Krieg erinnert.

Der Limousine entstiegen drei jüngere Männer, alle mit schütterem Haar und Hornbrille, alle in Cordhosen und

Tweedjacketts – genau wie Mr. Pinfold sich die Rundfunkleute vorgestellt hatte. Angeführt wurden sie von einem, der seinen Vorrang durch einen gepflegten Vollbart betonte und sich als Mr. Angel vorstellte. Er und seine Kollegen, sagte er, hatten in der Nähe übernachtet, wo eine Tante von ihm wohnte. Sie würden ihr Programm im Lauf des Morgens schaffen und noch vor dem Lunch wieder verschwinden. Während die Tontechniker ihre Kabel entrollten und das Mikrophon in Mr. Pinfolds Arbeitszimmer aufbauten, führte dieser Angel und seine Begleiter zu seiner Gemäldesammlung und zeigte ihnen seine schönsten Stücke. Sie wußten dazu nicht viel zu sagen und bemerkten lediglich, daß sie in einem Haus, das sie kürzlich besucht hatten, eine Gouache von Rouault gesehen hätten.

»Ich wußte noch gar nicht, daß Rouault je Gouachen gemacht hat«, sagte Mr. Pinfold. »Wie auch immer, er ist ein ganz schlechter Maler.«

»Oh«, rief Angel, »das ist gut. Sehr gut. Das müssen wir auf jeden Fall bringen!«

Als die ganze Technik fertig aufgebaut war, mußte Mr. Pinfold sich mit den drei Fremden um den Tisch setzen, auf dem das Mikrophon stand. Sie wollten eine lockere, spontane Diskussion aufzeichnen, wie sie kurz zuvor in Paris mit verschiedenen prominenten Franzosen aufgenommen worden war, wobei die Interviewten erstaunlich viel von sich preisgegeben hatten.

Reihum fragten sie Mr. Pinfold nach seinen Interessen und Gepflogenheiten. Angel übernahm die Leitung, auf ihn richtete Mr. Pinfold seinen Blick. Das nichtssagende Gesicht über dem dichten Vollbart erschien ihm unheimlich, die Stimme, die den Akzent der Unterschicht nicht ganz abgelegt hatte, schien einen tückischen, drohenden Ton anzunehmen. Ihre Fragen waren zwar höflich formuliert, doch meinte Mr. Pinfold dahinter eine böswillige Absicht zu spüren. Angel glaubte anscheinend, daß jemand, der prominent genug war, um von ihm interviewt zu werden, selbstverständlich irgend etwas zu verbergen hatte. Seine Fragen schienen darauf angelegt, eine unehrenhafte Vergangenheit aufzudecken, als gelte es, einen Hochstapler zu entlarven und zu überführen. Mr. Pinfold erkannte darin die neidische Gehässigkeit aus so mancher seiner Zeitungskritiken wieder.

Nun war aber Mr. Pinfold durchaus imstande, sich gegen Überheblichkeit, eingebildet oder nicht, zu wehren; er äußerte sich mit Vorsicht, kurz und knapp, und wies seine Gegner, wenn sie es waren, Punkt für Punkt in ihre Schranken. Schließlich war es vorüber, Mr. Pinfold bot Sherry an, und die Atmosphäre entspannte sich. Aus Höflichkeit erkundigte er sich nach ihrem nächsten Vorhaben.

»Wir fahren nach Stratford und machen ein Interview mit Cedric Thorne«, erwiderte Angel.

»Sie haben wohl heute die Morgenzeitungen noch nicht gesehen«, sagte Mr. Pinfold.

»Nein, wir sind sehr früh aufgebrochen.«

»Cedric Thorne ist Ihnen entwischt. Er hat sich gestern in seinem Ankleidezimmer aufgehängt.«

»Großer Gott, ist das wahr?«

»Es steht in der ›Times‹.«

»Darf ich einmal sehen?«

Der bis dahin so gelassene und überlegene Reporter war erschüttert. Mr. Pinfold brachte die Zeitung, und Angel las die Meldung mit sichtlicher Betroffenheit.

»Ja, das ist er. Es war fast zu erwarten. Ich kannte ihn, wir waren persönlich befreundet. Ich muß sofort seine Frau anrufen. Haben Sie Telefon?«

Mr. Pinfold entschuldigte sich, daß er ihm die Mitteilung so leichthin versetzt hatte, und führte Angel in das Zimmer, wo das Telefon stand. Dann schenkte er noch einmal Sherry nach und bemühte sich, freundlich zu sein. Angel kam zurück und sagte: »Ich konnte keine Verbindung bekommen. Ich versuche es später wieder.«

Mr. Pinfold sagte noch einmal, es tue ihm leid.

»Ja, ein tragisches Ende – aber nicht ganz unerwartet.«

Die Mißhelligkeiten des Interviews erschienen Mr. Pinfold plötzlich in einem makabren Licht.

Zum Abschied schüttelten die Gäste Mr. Pinfold die Hand, dann wendeten die Autos auf dem Kies vor dem Haus und fuhren davon.

Als sie um die Ecke verschwunden waren, sagte eins der Kinder, die im Funkwagen die Aufzeichnung mitgehört hatten: »Du hattest wohl etwas gegen diese Leute, Papa?«

Wahrhaftig, er hatte etwas gegen sie. Die Erinnerung an das Gespräch mit ihnen war unangenehm und belastete ihn in den folgenden Wochen mehr und mehr. Er grübelte darüber nach. Sie hatten versucht, in sein Privatleben einzudringen, und er war nicht sicher, wie weit ihnen dies gelungen war. Er bemühte sich, zu rekonstruieren, was er gesagt hatte, aber er konnte sich nur bruchstückhaft und widersprüchlich erinnern.

Schließlich war der Abend da, an dem die Sendung vorgesehen war. Mr. Pinfold ließ den einzigen Radioapparat des Hauses, der sonst der Köchin zu Verfügung stand, ins Wohnzimmer bringen. Zusammen mit seiner Frau lauschte er seiner eigenen Stimme, die seltsam fremd und tief klang. Aber mit dem, was sie sagte, war er zufrieden. »Sie haben versucht, mich bloßzustellen und lächerlich zu machen«, sagte er. »Aber es ist ihnen nicht gelungen.«

In den folgenden Wochen vergaß er Angel.

Es wurde ein sonniger, schöner Herbst, durch nichts getrübt als durch die ewige Langeweile und gelegentliche Schmerzen in den Gelenken. Trotz seines Alters und unsicheren Berufs schien Mr. Pinfold seiner Meinung nach und in den Augen anderer ungewöhnlich frei von den Angstzuständen dieser Zeit.

Zusammenbruch eines älteren Herrn

Schon seit längerer Zeit hatte Mr. Pinfold nichts mehr geschrieben. Im Frühsommer hatte er die Arbeit an einem halbfertigen Roman unterbrochen. Die fertigen Kapitel lagen überarbeitet und sauber getippt in seiner Schreibtischschublade, und er war mit ihnen zufrieden. Er wußte in großen Zügen, wie der Roman weitergehen sollte, und er hatte keinerlei Zweifel, daß er die Arbeit jederzeit wiederaufnehmen könne. Aber im Moment brauchte er nicht so dringend Geld, seine früheren Bücher verkauften sich gut und hatten ihm bereits so viel eingebracht, wie er nach dem geltenden Steuersatz überhaupt verdienen durfte. Weitere Arbeit konnte ihm in diesem Jahr kein höheres Einkommen verschaffen, und überdies hatte er einfach keine Lust zu arbeiten. Als wären seine Romanfiguren in einen leichten Schlummer verfallen, gab er sich alle Mühe, sie nicht aufzuwecken. Sie hatten ohnehin noch Schweres zu ertragen, mochten sie also ausruhen, solange es ging. Während seines ganzen Lebens hatte er immer nur zeitweise gearbeitet. In seiner Jugend war er oft längere Zeit hindurch nur auf Vergnügungen ausgewesen; jetzt reizte ihn nichts mehr. Das war der Hauptunterschied zwischen Mr. Pinfold mit dreißig und Mr. Pinfold mit fünfzig Jahren.

Schon Ende Oktober setzte der Winter ein. Die Zentralheizung in Lychpole war altmodisch und gefräßig und wurde seit den Jahren der Kohlenknappheit noch nicht wieder benutzt. Die größeren Kinder waren im Internat und kamen nur in den Ferien nach Hause. So zogen also Mr. und Mrs. Pinfold sich in zwei Zimmer zurück, die sie mit Kohlenfeuer im Kamin heizten, so gut es eben ging; die Fenster- und Türritzen dichteten sie mit Sandsäcken und Wolldecken ab. Doch dieser Zustand bedrückte Mr. Pinfolds Gemüt noch mehr, er sprach jetzt häufig von den Karibischen Inseln, und er hatte ein größeres Bedürfnis nach Schlaf.

Sein Schlafmittel bestand in der ursprünglich verordneten Form zu einem großen Teil aus Wasser. Daher schlug er dem Apotheker vor, ihm das Mittel in konzentrierter Form auszuhändigen, so daß er es zu Hause mit Wasser verdünnen konnte, was viel einfacher und praktischer zu sein schien. Allerdings schmeckte das Medikament so bitter, daß er mit allerlei herumprobierte. Schließlich fand er heraus, daß es mit Pfefferminzlikör vermischt am besten zu ertragen war. Mit der Dosis nahm er es dabei nicht so genau. Er goß einen größeren oder kleineren Schuß in sein Likörglas, je nach Lust und Laune, und wenn es zuwenig war und er vor dem Morgengrauen erwachte, stand er auf, schwankte im Zimmer umher, bis er Gläser und Flaschen fand und nahm nochmals einen tüchtigen Schluck. Auf diese Weise verbrachte er viele Stunden in der ersehnten Betäubung, aber es ging ihm dabei keineswegs gut. Ob von einem Übermaß des Schlafmittels oder aus anderer Ursache, jedenfalls fühlte er sich von Mitte November an ausgesprochen elend. Vor allem wenn er sein gewohntes, nicht gerade geringes Quantum an Wein und Kognak getrunken hatte, wurde ihm unerklärlich heiß, und auf seinen Händen erschien ein tiefroter Ausschlag.

Dr. Drake wurde gerufen und meinte: »Das sieht nach einer Allergie aus.«

»Allergie, wogegen?«

»Schwer zu sagen. Heutzutage kann fast alles eine allergische Reaktion auslösen. Es kann an einem Kleidungsstück liegen oder an einer Pflanze, die in der Nähe wächst. Das beste Heilmittel ist immer ein Ortswechsel.«

»Vielleicht verreise ich nach Weihnachten.«

»Ja, das ist das Beste, was Sie tun können. Machen Sie sich keine Sorgen, an einer Allergie ist noch niemand gestorben. Es ist so ähnlich wie Heuschnupfen«, fügte er hinzu, um sein Fachwissen zu zeigen, »oder wie Asthma.«

Noch etwas anderes beunruhigte Mr. Pinfold, und dies schien ihm von seinem Schlafmittel herzurühren: Sein Gedächtnis täuschte ihn zuweilen. Er war nicht vergeßlich, er erinnerte sich klar und deutlich, aber eben falsch. Er konnte ein Datum, einen Namen, ein Zitat anführen und sich dabei völlig sicher sein, aber wenn er dann herausgefordert wurde und in seiner Bibliothek nach dem Beweis suchte, stellte er oft bestürzt fest, daß er nicht recht hatte.

Zwei kleine Vorfälle dieser Art beunruhigten ihn zutiefst. Um ihn aufzuheitern, hatte Mrs. Pinfold für das Wochenende Gäste eingeladen. Am Sonntagnachmittag schlug er ihnen vor, ein sehenswertes Grabmal in einer nahegelegenen Kirche zu besichtigen. Er war seit dem Krieg nicht dort gewesen, hatte aber eine genaue Vorstellung davon, die er auch mit allen Einzelheiten beschreiben konnte: eine liegende Gestalt aus der Mitte des 16. Jahrhunderts, aus vergoldeter Bronze und damit einzigartig im England jener Zeit. Die Besucher fanden die Kirche ohne Schwierigkeiten, sie fanden auch das Grabmal – aber die Gestalt war aus farbigem Marmor. Sie lachten darüber, und er lachte mit, aber im Innern war er erschrocken und verunsichert.

Der zweite Vorfall war schon peinlicher. Ein Freund in London namens James Lance, mit dem ihn das Interesse an Antiquitäten verband, stöberte ein außergewöhnliches Möbelstück auf und bot es ihm an. Es war ein äußerst kunstvoll gearbeiteter Waschtisch nach dem Entwurf eines englischen Architekten um 1860, der nicht sehr berühmt, aber bei Mr. Pinfold und befreundeten Sammlern hoch geschätzt war; ein völlig überladenes Stück, mit Metall- und Mosaikverzierungen und, was das Auffälligste war, einer Reihe von eingesetzten, üppig bemalten Holztäfelchen, die Jugendsünde eines Künstlers, der nachmals Präsident der Royal Academy geworden war. Solch ein edles Stück war genau das, was Mr. Pinfolds Herz begehrte. Voller Begeisterung eilte er nach London und schaute sich das Objekt an, beauftragte eine Speditionsfirma und erwartete dann ungeduldig die Ankunft des guten Stücks in Lychpole. Nach vierzehn Tagen wurde es geliefert, nach oben geschafft und am vorgesehenen Platz aufgestellt. Erst da entdeckte Mr. Pinfold zu seinem Schrecken, daß ein ganz wichtiges Teil fehlte: der übergroße, besonders reich verzierte kupferne Wasserhahn in der Mitte, die Krönung des Entwurfes. Wo er hätte sein sollen, war nichts als ein kleiner Rohransatz. Mr. Pinfold brach in Wehklagen aus. Die Möbelträger behaupteten, sie hätten das Möbel im selben Zustand ausgeliefert wie abgeholt. Mr. Pinfold ließ den ganzen Lieferwagen auf den Kopf stellen, aber es wurde nichts gefunden. Also schrieb Mr. Pinfold auf die Empfangsbestätigung den Zusatz »unvollständig« und schickte der Firma einen Brief, sie sollten das Lagerhaus, wo der Waschtisch kurze Zeit gestanden hatte, aufs genaueste durchsuchen. Er fügte sogar eine Zeichnung des verlorenen Gegenstandes bei. Hierauf lehnte die Transportfirma jegliche Verantwortung ab; mehrere unfreundliche Briefe wurden gewechselt. Natürlich zögerte Mr. Pinfold, den freundlichen Geber in einen Streit um die Gabe hineinzuziehen, aber schließlich schrieb er doch an James Lance und bat ihn um die Bestätigung des Sachverhalts. James Lance erwiderte, daß ein solcher Wasserhahn, wie von Mr. Pinfold beschrieben, nicht existiere.

»Du hast in der letzten Zeit schon öfters ziemlichen Unsinn gesagt und geschrieben«, meinte Mrs. Pinfold, als er ihr den Brief zeigte, »und dein Gesicht sieht irgendwie seltsam gerötet aus. Vielleicht trinkst du zuviel oder nimmst zuviele Mittel, oder beides.«

»Da magst du recht haben. Ich sollte mich damit wohl nach Weihnachten ein wenig zurückhalten.«

Als die Schulkinder in den Ferien nach Hause kamen, benötigte Mr. Pinfold tagsüber noch mehr Alkohol als sonst, um sich bei leidlich guter Laune zu halten; nachts brauchte er die Betäubung, wenigstens für ein paar Stunden. Die Weihnachtszeit war ohnehin kaum zu ertragen. Dieses Jahr sprach er an den gefürchteten Festtagen dem Wein und dem Schlafmittel besonders reichlich zu. Als er sich einmal unvermutet seinem Spiegelbild gegenübersah, schrak er vor dem Anblick zurück: mit tiefrot leuchtendem Gesicht und einer Goldpapierkrone auf dem Kopf glich er aufs Haar dem rotbackigen König auf den Spielkarten, die überall im Haus herumlagen.

An diesem Abend sagte er zu seiner Frau: »Ich muß hier weg. Irgendwohin in den Süden, wo es warm ist. Ich möchte mein Buch zuende schreiben.«

»Ich würde dich gern begleiten, aber ich kann eigentlich nicht fort. Ich muß die Wiesen wieder herrichten lassen, die dieser Hill so kläglich heruntergewirtschaftet hat. Weißt du, ich mache mir Sorgen um dich. Du solltest jemanden mitnehmen, der sich um dich kümmert.«

»Ach, ich komme schon zurecht. Allein kann ich besser arbeiten.«

Es waren schneidend kalte Wintertage. Mr. Pinfold rückte so dicht ans Kaminfeuer wie nur möglich. Mußte er sein Arbeitszimmer für einen Augenblick verlassen, schauderte er und stolperte halb benommen über den eiskalten Flur. Draußen warf die Sonne durch den Dunst ein hartes, grelles Licht auf die Landschaft, die aussah wie aus grauem Metall, aus Blei, Eisen oder Stahl. Gegen Abend war er dann soweit, sich am Familienleben zu beteiligen. Dann gab er sich den Anschein von

Fröhlichkeit, spielte bei Scharaden und Pfänderspielen mit und war ein großartiger Spaßmacher, zum Entzücken der kleineren Kinder und nachsichtig belächelt von den älteren. Wenn sie dann endlich früher oder später, ihrem Alter entsprechend, zu Bett gegangen waren, kehrte er in die Dunkelheit und das Schweigen in seinem Innern zurück.

Aber auch diese Ferien gingen schließlich zuende. Nonnen- und Mönchsorden schickten die Schulgeldrechnungen für das neue Jahr, in Lychpole kehrte wieder Ruhe ein bis auf den Lärm, der gelegentlich aus dem Kinderzimmer der Kleinen drang. Ausgerechnet jetzt, da Mr. Pinfold sich gerade einen Ruck geben wollte, seine guten Vorsätze auszuführen, überfielen ihn seine Schmerzen schlimmer als je zuvor. Alle Glieder taten ihm weh, besonders die Beine und die Fußgelenke, es war kaum zu ertragen. Dr. Drake kam, empfahl einen Aufenthalt in den Tropen und verordnete Tabletten, die »ein neues, ganz schön starkes Mittel« sein sollten. Sie waren ziemlich groß und schmutzig-grau und erinnerten Mr. Pinfold an die Löschpapierkügelchen, die er als Kind in den Schulstunden gedreht hatte. Nun nahm er auch noch diese Pillen neben seinem Bromid und Chloral und Pfefferminzlikör, dem Wein und Gin und Brandy und einem weiteren Schlafmittel, das Dr. Drake, der von dem anderen ja nichts wußte, ebenfalls verordnet hatte.

Und nun fühlte er, wie sein Geist sich vollends verdunkelte. Er hatte nur noch einen Gedanken – Flucht. Da er sich auch in dieser Notlage nicht überwinden konnte, das Telefon zu benutzen, schickte er ein Telegramm an ein Reisebüro, das ihn schon öfter bedient hatte: BITTE SOFORT SCHIFFSREISE BUCHEN KARIBIK AFRIKA INDIEN HINTERINDIEN. EGAL WO. NUR TROPEN. MÖGLICHST LUXUSKLASSE. PRIVATBAD. EINZELKABINE AUSSENDECK BEDINGUNG. Dann wartete er gespannt auf die Antwort, doch als sie endlich eintraf, enthielt sie lediglich eine

Handvoll bunter Prospekte und eine kurze Mitteilung, man erwarte weitere Instruktionen.

Mr. Pinfold tobte wie ein Wahnsinniger. Er war mit einem der Direktoren dieser großen Firma bekannt, andere glaubte er zu kennen, und in seiner Verwirrung entsann er sich – irrtümlich, wie sich später herausstellte –, daß eine Dame aus seiner Bekanntschaft zum Aufsichtsrat gehörte. Allen diesen Leuten schickte er Telegramme im Befehlston an ihre Privatadresse: UNZUVERLÄSSIGKEIT UND UNFÄHIGKEIT IHRER ANGESTELLTEN BITTE SOFORT AUFKLÄREN. PINFOLD.

Der eine Direktor, der ihn wirklich kannte, setzte alle Hebel in Bewegung. So kurzfristig war die Auswahl nicht sehr groß, und schließlich konnte Mr. Pinfold von Glück sagen, daß er einen Platz auf der ›Caliban‹ bekam, die nur Touristenklasse hatte und in drei Tagen nach Ceylon abfahren sollte.

Während dieser drei Tage beruhigte sich Mr. Pinfold ein wenig. Zeitweise war er nahe daran, ohnmächtig zu werden. In seinen lichten Momenten hatte er starke Schmerzen.

Mrs. Pinfold sagte, wie schon so oft: »Du bist ja total vergiftet, Schatz, du nimmst zu viele Mittel.«

»Ja. Es sind diese Rheumatabletten. Dr. Drake sagte ja, sie seien sehr stark.«

Obwohl er sonst geschickte Finger hatte, wurde Mr. Pinfold jetzt immer unbeholfener. Er ließ Dinge hinfallen, kam mit Knöpfen und Schuhbändern nicht zurecht und hatte Schwierigkeiten beim Schreiben. Seine Rechtschreibung, die niemals fehlerlos gewesen war, geriet in den Briefen, die er seiner Reise wegen schreiben mußte, außer Rand und Band.

In einem Augenblick relativer Geistesklarheit sagte er zu seiner Frau: »Ich glaube, du hast recht. Sowie ich auf See bin, gebe ich die Schlafmittel auf, dort werde ich von selbst besser schlafen. Ich werde auch weniger Alkohol trinken. Sowie ich diese verdammten Schmerzen los bin, fange ich an zu schreiben. Auf

See kann ich immer gut arbeiten. Wenn ich zurückkomme, ist der Roman fertig.«

Nur diese Zuversicht hielt ihn aufrecht. Eine Zeit nüchterner, fleißiger Arbeit lag vor ihm. Bis dahin mußte er irgendwie überleben. Alles würde bald wieder gut werden.

Mrs. Pinfold teilte diese Hoffnungen. Sie beschäftigte sich mit Zukunftsplänen vor allem für die seit kurzem wieder zur Verfügung stehenden Wiesen und Felder. Sie konnte unmöglich fort, und sie hielt ihre Begleitung auch nicht für notwendig. Sowie ihr Mann einmal an Bord gut aufgehoben war, würde er sich gewiß wieder wohlfühlen.

Sie half ihm beim Packen, denn er selbst schaffte es nur, im Schlafzimmer herumzusitzen und konfuse Anordnungen zu geben. Er brauche Konzeptpapier in Mengen, sagte er, außerdem Tinte, denn im Ausland bekomme man nur schlechte Tinte. Und Federn. In New York war es einmal sehr schwierig für ihn gewesen, die richtigen Federn aufzutreiben, schließlich hatte er sie in einer Nebenstraße in einem Papiergeschäft, das eigentlich mit amtlichen Formularen handelte, bekommen. Im Ausland schrieben die Leute, das hatte er inzwischen erfahren, offenbar alle mit diesen sogenannten Tintenkulis. Federn und Federhalter brauchte er dringend, Kleidung war dagegen nicht wichtig. Man fand ja überall, außer in Europa, einen Chinesen, der an einem Nachmittag einen Anzug schneidern konnte, sagte Mr. Pinfold.

An diesem Sonntag morgen ging Mr. Pinfold nicht zur Kirche. Bis mittags lag er im Bett, dann kam er herunter, humpelte zum Wohnzimmerfenster und blickte hinaus auf die kahlen, mit Reif bedeckten Bäume. Bald würde ihn tropische Wärme umgeben. Plötzlich rief er aus: »Großer Gott, da kommt der Boxer!«

»Versteck dich im Arbeitszimmer!«

»Da ist ja kein Feuer.«

»Ich sage ihm, daß du krank bist.«

»Nicht nötig. Eigentlich mag ich den Boxer ganz gern. Außerdem – wenn du sagst, ich sei krank, holt er seine verdammte Box und rückt mir damit zu Leibe.«

Der Besuch war nur kurz, und Mr. Pinfold bemühte sich, nett und höflich zu sein.

»Sie sehen aber gar nicht gut aus, Gilbert«, sagte der Boxer.

»Ach, es geht. Nur ein bißchen Rheuma. Ich fahre übermorgen nach Ceylon.«

»Ziemlich plötzlich, wie?«

»Wegen der Kälte. Ich brauche ein anderes Klima.«

Er ließ sich in einen Sessel sinken, aus dem er sich, als der Boxer gehen wollte, nur mit sichtlicher Anstrengung wieder erhob.

»Kommen Sie bitte nicht mit hinaus«, sagte der Boxer.

Mrs. Pinfold begleitete ihn hinaus zu seinem Hund. Als sie zurückkam, schäumte Mr. Pinfold vor Wut.

»Ich weiß genau, worüber ihr zwei gesprochen habt!«

»Na, und? Ich mußte mir alles über den Streit anhören, den die Fawdles mit der Kirchengemeinde über das Wegerecht führen.«

»Du hast ihm doch ein Haar von mir für seine Box gegeben.«

»Unsinn, Gilbert.«

»Er hat mich schon so komisch angesehen. Er hat bestimmt meine Bio-Strahlen gemessen.«

Mrs. Pinfold blickte ihn traurig an. »Du bist wirklich in keiner guten Verfassung, mein Lieber.«

Die ›Caliban‹ war kein sehr großes Schiff. Ein Sonderzug für die Passagiere war nicht vorgesehen, es wurden lediglich ein paar Waggons an den fahrplanmäßigen Zug London-Liverpool angehängt. Am Tag vor der Abfahrt begleitete Mrs. Pinfold ihren Mann bis nach London. Er mußte noch seine Fahrkarten vom Reisebüro abholen, aber bei der Ankunft war er so erschöpft, daß er sofort in sein Hotel und ins Bett ging und das Reisebüro bitten ließ, ihm die Papiere zu schicken. Kurz darauf kam der Bote, ein junger Mann, mit einer ganzen Mappe voller Dokumente, Fahrkarten für die Bahn und das Schiff und für den Rückflug, Gepäckversicherungsscheine, Hotelreservierungen und dergleichen. Mr. Pinfold konnte nur mit Mühe folgen und kaum den Scheck richtig ausfüllen. Der junge Mann musterte ihn mit auffälliger Neugier. Vielleicht ein Leser von Mr. Pinfolds Romanen, aber wahrscheinlicher war, daß er den Anblick, den Mr. Pinfold bot, etwas seltsam fand: der lag nämlich ächzend und stöhnend im Bett, von Kissen gestützt, tiefrot im Gesicht, eine offene Sektflasche neben sich. Mr. Pinfold bot ihm ein Glas an, das er jedoch ablehnte. Als er gegangen war, sagte Mr. Pinfold: »Der Kerl gefiel mir ganz und gar nicht.«

»Wieso? Ein ganz normaler junger Mann.«

»Irgendwie schien er mir verdächtig. Er starrte mich so an, als wolle er meine Bio-Strahlen messen.«

Dann verfiel er in einen kurzen Halbschlaf.

Mrs. Pinfold ging allein zum Lunch hinunter, und als sie zurückkehrte, sagte ihr Mann: »Ich muß noch meine Mutter besuchen und mich verabschieden. Laß bitte ein Auto kommen.«

»Aber Schatz, es geht dir doch so schlecht.«

»Ich verabschiede mich *immer* von ihr, wenn ich ins Ausland fahre. Ich habe ihr geschrieben, daß wir kommen.«

»Ich kann sie anrufen und ihr alles erklären. Oder soll ich allein zu ihr fahren?«

»Nein, ich komme mit. Ich fühle mich zwar nicht allzu gut, aber ich gehe trotzdem. Der Portier soll ein Taxi kommen lassen.«

Mr. Pinfolds Mutter war verwitwet und wohnte in einem entzückenden kleinen Haus in Kew. Sie war zweiundachtzig, sah und hörte immer noch gut, aber geistig war sie nicht mehr so rege wie früher. Als Kind hatte Mr. Pinfold sie überschwenglich geliebt. Davon war jetzt nichts mehr übrig als die Pietät des Sohnes. Er legte keinen Wert mehr auf ihre Gesellschaft und hatte ihr nichts zu sagen. Da sein Vater sie unversorgt zurückgelassen hatte, unterstützte Mr. Pinfold sie mit regelmäßigen Unterhaltszahlungen, von denen sie behaglich leben konnte. Ein treues altes Dienstmädchen kümmerte sich um sie und um die Möbel und Bilder, die sie aus ihrem einstmals stattlichen Haushalt gerettet hatte. Die junge Mrs. Pinfold, die heiter und aufgeschlossen war und viel von den Kindern erzählte, war für die alte Dame eine viel angenehmere Gesellschaft als ihr eigener Sohn, dennoch besuchte Mr. Pinfold sie pflichtgemäß mehrmals im Jahr und, wie gesagt, vor jeder längeren Reise ins Ausland.

Die schwarze Limousine, die sie nach Kew brachte, sah aus wie ein Leichenwagen, und Mr. Pinfold nahm darin in Wolldecken gehüllt Platz. An zwei Stöcken, einem Knotenstock und einem Rohrstock, schleppte er sich die paar Schritte durch den Vorgarten. Eine Stunde später kam er schon wieder aus dem Haus und ließ sich stöhnend in das Taxi fallen. Der Besuch war nicht sehr gut verlaufen.

»Das war nicht gerade ein Erfolg, oder?« sagte Mr. Pinfold.

»Wir hätten zum Tee bleiben sollen.«

»Sie weiß ja, daß ich Tee nicht mag.«

»Ich aber. Und Mrs. Yercombe hatte alles dafür vorbereitet. Auf dem Teewagen standen schon der Kuchen und die Rosinenbrötchen.«

»In Wirklichkeit kann meine Mutter es nicht ertragen, daß jemand, der jünger als sie ist, kränker ist als sie. Ausgenommen natürlich die Kinder.«

»Ich fand es abscheulich, wie du über die Kinder hergezogen bist.«

»Ja, weiß ich, weiß ich, verdammt nochmal. Ich werde ihr vom Schiff aus schreiben, oder lieber ein Telegramm schicken.

Wieso seid ihr alle so liebe und nette Menschen, bloß ich nicht?«

Im Hotel ging er gleich wieder ins Bett und ließ eine weitere Flasche Sekt kommen. Dann schlief er ein, während Mrs. Pinfold still einen Kriminalroman las. Als er aufwachte, bestellte er ein erlesenes Menu, aber als es gebracht wurde, hatte er schon keine Lust mehr darauf. Mrs. Pinfold speiste mit gesundem Appetit, doch traurigen Herzens. Nach dem Essen wankte Mr. Pinfold in das Bad und nahm seine grauen Pillen. Drei davon pro Tag durften es sein, ein Dutzend war gerade noch da. Dann nahm er noch eine tüchtige Dosis von seinem Schlaftrunk, von dem er noch eine halbe Flasche hatte.

»Ich nehme wohl zuviel ein«, sagte er sich, und das nicht zum ersten Mal. »Ich werde das aufbrauchen, was ich habe, und dann nichts Neues verschreiben lassen.« Er sah seine Hände an, wo sich wieder große, blaurote Flecken gebildet hatten. »Bestimmt ist das auf die Dauer nicht gut.« Er tastete sich zum Bett, stolperte hinein und fiel in einen schweren Schlaf.

Sein Zug nach Liverpool ging am nächsten Tag um zehn Uhr. Mr. Pinfold zog sich umständlich an, ohne sich zu rasieren, und der Leichenwagen fuhr wieder vor und brachte ihn zum Bahnhof. Mrs. Pinfold begleitete ihn, suchte einen Gepäckträger und half ihm, seinen reservierten Sitzplatz zu finden. Auf dem Bahnsteig fielen ihm erst die Fahrkarten und dann seine Stöcke aus der Hand.

»Ich finde, du solltest nicht allein reisen«, sagte Mrs. Pinfold. »Nimm in ein paar Tagen ein anderes Schiff, dann komme ich mit.«

»Nein, nein. Ich komme schon zurecht.«

Aber schon ein paar Stunden später, bei der Ankunft in Liverpool, war Mr. Pinfold nicht mehr so zuversichtlich zumute. Die Bahnfahrt hatte er zum größten Teil verschlafen; nur ab und zu war er aufgewacht, hatte sich eine Zigarre angezündet und sie nach wenigen Zügen beiseite gelegt. Die Schmerzen waren schlimmer denn je, als er aus dem Zug kletterte. Es schneite. Der Weg vom Bahngleis bis zum Schiff schien unendlich weit. Die anderen Reisenden schritten zügig aus, Mr. Pinfold schleppte sich mühsam hinterher.

Auf dem Kai stand ein Postangestellter, der Telegramme entgegennahm. Mrs. Pinfold war jetzt wohl schon wieder zu Hause in Lychpole. Mit größter Mühe schrieb Mr. Pinfold die Worte *Heil angekommen. Herzliche Grüße* nieder. Dann ging er unter heftigen Schmerzen über die Gangway an Bord.

Ein farbiger Steward führte ihn zu seiner Kabine. Er sank auf das Bett und stierte eine Weile vor sich hin, ohne etwas zu sehen. Da war noch etwas, was er tun mußte – ah ja, das Telegramm an seine Mutter. Auf dem Tisch lagen Briefbogen mit dem Namen des Schiffes und der Reedereiflagge. Mr. Pinfold versuchte, sich zu konzentrieren und ein paar Worte zustande zu bringen, aber er schaffte es nicht. Er warf den mißglückten Versuch in den Papierkorb und setzte sich wieder aufs Bett, immer noch in Hut und Mantel, die Stöcke neben sich.

Nach einer Weile kamen seine Koffer. Er starrte sie eine Zeitlang an und begann schließlich mit Auspacken, aber auch dies erwies sich als zu schwierig. Er läutete, und sofort erschien der farbige Steward wieder, lächelte und verbeugte sich.

»Ich fühle mich nicht wohl. Könnten Sie wohl für mich auspacken?«

»Dinner um halb acht, Sir.«

»Ich meine, können Sie mir auspacken helfen?«

»Nein, Sir, Bar nicht offen. In Hafen, Sir.«

Der Mann verbeugte sich, lächelte und verschwand.

Mr. Pinfold blieb sitzen, immer noch in Hut und Mantel, mit dem Knotenstock und dem Rohrstock in den Händen. Nach einer Weile kam ein anderer Steward, ein Engländer, mit der Passagierliste und einigen Formularen, die auszufüllen waren.

»Der Kapitän läßt sich empfehlen, Sir, und er gibt sich die Ehre, Sie im Speisesaal an seinen Tisch zu bitten.«

»Wann, jetzt?«

»Nein, Sir. Dinner ist um halb acht. Heute abend wird der Kapitän wohl nicht im Speisesaal sein.«

»Ich auch nicht«, sagte Mr. Pinfold. »Ich lasse dem Kapitän danken. Sehr aufmerksam von ihm. Ein andermal. Jemand sagte, die Bar sei geschlossen. Könnten Sie mir etwas Brandy verschaffen?«

»O ja, Sir. Ich denke schon, Sir. Eine bestimmte Marke?«

»Irgendeinen, egal was, aber einen großen.«

Der Obersteward brachte das Tablett eigenhändig herein.

»Gute Nacht«, sagte Mr. Pinfold.

Zuoberst in seinem Koffer fand er, was er für die Nacht brauchte, vor allem die Tabletten und das Schlafmittel. Der Brandy hatte ihn belebt. Er mußte noch seiner Mutter telegrafieren. Er tastete sich hinaus auf den Korridor und an der Wand entlang bis zum Zahlmeisterbüro. Dort saß jemand hinter einem Schalter und blätterte in allerlei Formularen.

»Ich möchte ein Telegramm abschicken.«

»Ja, Sir. Die Telegrammannahme ist oben an der Gangway.«

»Ich fühle mich nicht wohl. Könnten Sie so freundlich sein und es für mich aufschreiben?«

Der Zahlmeister blickte ihn prüfend an, bemerkte das unrasierte Kinn, roch den Brandy und zog aus langjähriger Erfahrung im Umgang mit Passagieren seine eigenen Schlüsse.

»Das tut mir leid, Sir. Ich bin Ihnen gern behilflich.«

Mr. Pinfold diktierte: *Alle an Bord sehr hilfsbereit. Grüße Gilbert,* suchte ungeschickt in seinen Taschen nach ein paar Silbermünzen und stolperte zu seiner Kabine zurück. Dort nahm er die großen grauen Pillen ein und trank sein Schlafmittel, dann ging er ohne Nachtgebet zu Bett.

Ein Unglücksschiff

Der Passagierfrachter ›Caliban‹ unter Kapitän Steerforth war ein Schiff mittleren Alters und Komforts, zuverlässig, sauber und bequem, doch ohne jeden Hauch von Luxus. Es gab keine Privatbäder. Die Mahlzeiten wurden nicht in den Kabinen serviert, hieß es, außer auf ärztliche Anordnung. Die Gesellschaftsräume waren noch recht altmodisch mit dunkler Eiche getäfelt. Die ›Caliban‹ befuhr regelmäßig die Strecke zwischen Liverpool und Rangun, legte auch zwischendurch mehrmals an und beförderte Stückgüter jeder Art. Die nicht sehr zahlreichen Passagiere, zumeist Schotten und ihre Frauen, waren auf Geschäftsreise oder auf dem Rückweg vom Heimaturlaub. Die Besatzung und die Stewards waren fast alle Inder.

Als Mr. Pinfold wieder zu sich kam, war es heller Tag, und er fühlte sich in seinem schmalen Bett sanft gewiegt. Das Schiff mußte schon auf hoher See sein.

Am Abend zuvor hatte er sich nicht weiter umgesehen. Jetzt bemerkte er, daß die Kabine ziemlich groß war und zwei Betten hatte. Ein kleines rechteckiges Milchglasfenster mit gemusterten Vorhängen und einer Jalousie lag offenbar nicht direkt über der Wasserlinie, sondern an einem der Decks; ab und zu gingen dort Leute vorbei wie lautlose Figuren in einem Schattentheater.

Zu hören war nichts außer dem Stampfen der Maschinen, dem Knarren des Holzwerks und der Täfelung und dem unaufhörlichen, insektenähnlichen Summen des Ventilators. Mr. Pinfold blickte zur Decke auf. Dort verliefen ein weißes genietetes

Entlüftungsrohr, wie der Deckenbalken in einem Bauernhaus, und außerdem eine Vielzahl von Röhren und elektrischen Kabeln.

Mr. Pinfold lag eine Weile ganz still, schauend und schaukelnd, nicht ganz sicher, wo er sich eigentlich befand, aber dennoch wohlig zufrieden. Seine Uhr, die er am Abend nicht aufgezogen hatte, war stehen geblieben. Jemand war vor längerer Zeit hier gewesen, denn er sah eine Teetasse neben seinem Bett. Der Tee war kalt und teilweise übergeschwappt, und daneben lag, feucht und fleckig vom Tee, die Passagierliste.

Er fand sich selbst als *Mr. G. Penfold* eingetragen und war dankbar für den Druckfehler, der vielleicht dazu beitragen würde, daß er unerkannt und ungestört blieb. Er überflog die Namensliste – *Dr. Abercrombie, Mr. Addison, Miss Amory, Mr. und Mrs. Angel und Miss Margaret Angel, Mr. und Mrs. Benson, Mr. Blackadder, Major Cockson und Mrs. Cockson* –, niemand, der ihn kannte und ihn belästigen würde. Ein halbes Dutzend etwa waren Burmesen auf dem Weg nach Rangun, die übrigen biedere Briten. Bestimmt hatte keiner von ihnen seine Romane gelesen, und niemand würde versuchen, ein Gespräch über Literatur mit ihm anzufangen. Er würde arbeiten können auf diesem Schiff, drei ruhige Wochen lang, er mußte nur erst gesund werden.

Vorsichtig richtete er sich auf und stellte die Füße auf den Boden. Sie trugen ihn mehr schlecht als recht, aber doch mit etwas weniger Schmerzen als an den letzten Tagen. Er ging zum Waschbecken. Der Spiegel zeigte ihm ein Gesicht, das immer noch erschreckend alt und angegriffen wirkte. Er rasierte und kämmte sich, nahm die graue Pille, legte sich mit einem Buch wieder zu Bett und schlief sofort ein.

Das Heulen der Schiffssirene weckte ihn. Also mußte es zwölf Uhr mittags sein. Es klopfte, kaum hörbar zwischen all den anderen Geräuschen, und ein farbiger Steward kam herein.

»Heute nicht gut«, sagte er, »viele Passagiere krank.« Er nahm die Teetasse und verschwand lautlos.

Nun war Mr. Pinfold von jeher äußerst seefest. Im Krieg war er auf allen möglichen Schiffen ständig hin- und hertransportiert worden, und nur ein einziges Mal war er seekrank geworden. Damals hatten selbst die Matrosen des Schiffs auf der Nase gelegen. Mr. Pinfold war leider keine Schönheit und kein Athlet, deshalb war er stolz auf die einzige Gabe, die die sparsame Natur ihm verliehen hatte: seine Seetüchtigkeit. Also beschloß er, aufzustehen.

Das Promenadendeck war so gut wie menschenleer. Nur zwei junge Mädchen in dicken Wollsweatern umrundeten die Stapel von Liegestühlen und stemmten sich Arm in Arm gegen den Wind. Mr. Pinfold humpelte zum Rauchsalon.

Hier saßen vier oder fünf Männer in einer Ecke beieinander. Er nickte ihnen zu, suchte sich einen Sessel in der entgegengesetzten Ecke und bestellte Brandy und Ingwerbier. Irgendwie war er nicht richtig bei sich. Zwar war ihm bewußt, so wie man eine historische Tatsache weiß, daß er sich auf einem Schiff befand und seiner Gesundheit wegen unterwegs war, seine Zeitvorstellungen aber, wie häufig bei seinen Geschichtskenntnissen, waren ziemlich nebelhaft. Die Bahnfahrt von London nach Liverpool, die doch nur 24 Stunden zurücklag, hatte er völlig vergessen. Tag und Nacht waren ihm abhanden gekommen, der Rhythmus von Schlafen und Wachen war ein anderer geworden. Jetzt saß Mr. Pinfold ganz still im Rauchsalon und starrte blicklos vor sich hin.

Er schreckte auf, als zwei Frauen hereinkamen und laut und fröhlich begrüßt wurden.

»Morgen, Mrs. Cockson. Freue mich, daß Sie an diesem schönen Morgen wieder auf den Beinen sind.«

»Guten Morgen, guten Morgen allerseits. Darf ich Sie mit Mrs. Benson bekannt machen?«

»Sehr erfreut. Wollen Sie sich nicht zu uns setzen, Mrs. Benson? Was trinken Sie?«, und der Steward wurde gerufen.

Mr. Pinfold beobachtete die Gruppe mit Wohlwollen. Ein Pinfold-Verehrer würde bestimmt nicht darunter sein. Als um ein Uhr der Steward mit dem Gong erschien, folgte Mr. Pinfold ihm willig hinunter zum Speisesaal.

Der Tisch des Kapitäns war für sieben Personen gedeckt. Man hatte heute die Tischkanten hochgeklappt und die Tafeltücher angefeuchtet, um Teller und Schüsseln vor dem Herabfallen zu bewahren. Knapp ein Viertel der Plätze waren besetzt. Außer Mr. Pinfold erschien heute nur noch ein Gast zum Essen am Kapitänstisch, ein hochgewachsener junger Engländer, der sich als Mr. Glover vorstellte und gleich ungezwungen mit Mr. Pinfold zu plaudern begann. Er leitete eine Teeplantage auf Ceylon und führte dort anscheinend ein idyllisches Leben: jeden Tag im Sattel und zwischendurch reichlich Zeit für seinen Golfklub. Golf spielen war seine Leidenschaft. Um sich auch auf dem Schiff im Training zu halten, besaß er einen speziell angefertigten, extra schweren Golfschläger mit beweglichem Ende, mit dem er jeden Morgen und jeden Abend hundert Übungsschläge ausführte. Es stellte sich heraus, daß Glovers Kabine neben der von Mr. Pinfold lag.

»Wir müssen uns das Badezimmer teilen. Wann pflegen Sie Ihr Bad zu nehmen?«

Das Gespräch mit Glover erforderte keine große Aufmerksamkeit, so daß Mr. Pinfold, der bis dahin nur halb zugehört hatte, sich jetzt gezwungen sah, mit seinen Gedanken mühsam wie aus einer anderen Welt zurückzukommen. »Ach, eigentlich bade ich ganz selten während einer Seefahrt. Man bleibt ja fast sauber, und ich mag das warme Salzwasser nicht. Ich hatte zwar ein eigenes Bad bestellt, aber ich weiß eigentlich nicht recht, wozu.«

»Dieses Schiff hat gar keine Kabinen mit eigenem Bad.«

»Ja, das sagte man mir.« Mr. Pinfold starrte trübsinnig auf sein Currygericht, auf sein schwankendes Weinglas und auf die leeren Stühle rings um den Tisch und bemühte sich, höflich zu Glover zu sein. »Aber sonst ist es anscheinend ein recht angenehmes Schiff.«

»Ja, das ist es. Jeder kennt hier jeden. Jahr für Jahr treffen sich dieselben Leute an Bord wieder. Wer nicht so regelmäßig mitfährt, beklagt sich unter Umständen, daß er als Außenseiter dasteht.«

»Da werde ich mich nicht beklagen. Ich bin ziemlich krank gewesen und brauche vor allem Ruhe.«

»Oh, tut mir leid. Ruhe werden Sie hier bestimmt haben. Manche finden es sogar zu still.«

»Für mich kann es gar nicht still genug sein«, sagte Mr. Pinfold.

Er verabschiedete sich höflich von Glover und hatte ihn so gut wie vergessen, als er seine Kabine betrat. Hier aber schlugen ihm, neben allen anderen Geräuschen, auch noch die Klänge einer Jazzkapelle entgegen. Mr. Pinfold war verwirrt. Von Musik verstand er fast nichts, aber so viel war ihm doch klar, daß ganz in der Nähe eine Jazzband sein mußte. Dann fiel ihm der junge Mann wieder ein.

»Der Golfspieler«, dachte er, »der Mann in der Kabine nebenan. Er hat wohl ein Grammophon. Und außerdem einen Hund.« Ganz deutlich konnte er draußen auf dem Korridor die Hundepfoten auf dem Linoleum hören. »Ich wette, das ist gar nicht erlaubt. Auf keinem Schiff, wo ich war, durfte man Hunde in der Kabine haben. Vermutlich hat er den Steward bestochen. Nun ja, eigentlich kann man nichts dagegen einwenden. Mir ist es gleich. Er ist ja anscheinend ein ganz netter Mensch.«

Sein Blick fiel auf die grauen Tabletten. Er nahm eine, ließ sich auf dem Bett nieder und schlug sein Buch auf. Beim Klang von Tanzmusik und Hundeschnüffeln schlief er ein.

Und dann war es dunkel um ihn. Er wußte nicht, wie er die Stunden des Nachmittags verbracht hatte, ob er geträumt hatte und vielleicht jetzt noch träumte oder ob er wach war. Etwas sehr Seltsames ging ganz in seiner Nähe vor, direkt unter seiner Kabine, eine religiöse Versammlung offenbar, unter der Leitung eines Geistlichen. Mr. Pinfold war mit den freikirchlichen Protestanten wenig vertraut. Elternhaus und Schule hatten ihn anglikanisch erzogen; seine vagen Vorstellungen vom Freikirchentum hatte er aus der Literatur, von Chadham und Philip Henry Gosse, aus gängigen Redensarten und den Karikaturen im ›Punch‹. Dennoch erkannte er die Predigt, die sich gerade dem erhabenen Schlußgedanken näherte, als einen typischen Ausdruck jener Glaubensrichtung mit ihrer biblischen Wortwahl und ihrer Gefühlsinbrunst. Die versammelte Gemeinde gehörte offenbar zur Schiffsbesatzung. Rauhe Männerstimmen sangen jetzt ein Kirchenlied, das Mr. Pinfold schon aus frühester Jugend kannte, da seine Kinderfrau, wie fast alle englischen *nannies*, Calvinistin gewesen war. *»Das rettende Ufer, Seemann, das rettende Ufer. ...«*

»Nach Schluß der Versammlung möchte ich Billy sprechen«, sagte der Pastor. Ein kurzes, mechanisch gesprochenes Gebet folgte, dann Stühlerücken und viele Schritte, Stille. Dann der Pastor, streng: »Nun Billy, was hast du mir zu sagen?« und als Antwort ein lautes Schluchzen.

Mr. Pinfold fühlte sich unbehaglich. Dies war sicherlich nicht für seine Ohren bestimmt.

»Billy, du mußt es selbst aussprechen. Ich klage dich nicht an. Ich lege dir auch keine Worte in den Mund.«

Keine Antwort, nur Schluchzen.

»Billy, du weißt, wovon wir letztes Mal gesprochen haben. Hast du es wieder getan? Bist du unkeusch gewesen, Billy?«

»Ja, Sir. Ich kann nicht anders, Sir.«

»Gott versucht uns nicht über unsere Kraft hinaus, Billy. Das habe ich dir schon gesagt, oder? Glaubst du, ich werde nicht in Versuchung geführt, Billy? In sehr große Versuchung. Aber ich bleibe standhaft, nicht wahr? Du weißt gewiß, daß ich standhaft bleibe, Billy?«

Mr. Pinfold erstarrte. Mußte er wirklich Ohrenzeuge dieser abstoßend peinlichen Geständnisse sein? Seine Stöcke lagen griffbereit neben ihm. Er nahm den Knotenstock und stieß ihn mehrmals heftig auf den Boden auf.

»Hörst du es klopfen, Billy? Das ist Gott! Er klopft an deine Herzenstür. Er kann nicht hereinkommen und dir helfen, wenn du nicht keusch bist wie ich.«

Dies war mehr, als Mr. Pinfold ertragen konnte. Er erhob sich, wenn auch mit Schmerzen, zog seine Jacke an und bürstete sich die Haare. Die Stimmen drangen weiter von unten herauf.

»Ich kann nicht anders, Sir. Ich möchte ja ohne Sünde sein. Ich will ja, aber ich kann es nicht.«

»Hast du Bilder von Frauen über dein Bett gehängt, Billy?«

»Ja, Sir.«

»Schmutzige Bilder?«

»Ja, Sir.«

»Und du willst ohne Sünde sein? Wenn du die Versuchung absichtlich um dich sein läßt, dann komme ich und vernichte diese Bilder.«

»Nein, Sir, bitte nicht. Ich will sie nicht hergeben.«

Mr. Pinfold verließ seine Kabine und schleppte sich zum Promenadendeck hinauf. Die See war ruhiger geworden, und man sah mehr Passagiere im Salon und in der Bar. Es war halb sieben. Eine Gruppe war beim Würfelspiel. Mr. Pinfold setzte sich abseits und bestellte einen Cocktail. Als der Steward mit dem Tablett kam, fragte er: »Gibt es hier einen Schiffspfarrer?«

»Nein, Sir. Der Kapitän hält sonntags eine Andacht ab.«

»Aha, dann ist wohl ein Geistlicher unter den Passagieren?«

»Nicht, daß ich wüßte, Sir. Hier ist die Liste.«

Mr. Pinfold ging die Liste sorgfältig durch, aber er fand keinerlei Hinweis auf einen geistlichen Titel. Ein seltsames Schiff, dachte Mr. Pinfold, wo Laien der, doch vermutlich nichtchristlichen, Besatzung Predigten halten durften. Ob einer der Schiffsoffiziere von übermäßigem Glaubenseifer besessen war?

Durch das viele Schlafen war sein Zeitgefühl durcheinander geraten. Es kam ihm so vor, als sei er schon tagelang auf diesem seltsamen Schiff unterwegs. Als Glover hereinkam, sagte Mr. Pinfold liebenswürdig: »Nett, daß man sich wieder einmal sieht.«

Glover sah ihn verständnislos an.

»Ich war unten in meiner Kabine.«

»Ich konnte es dort nicht mehr aushalten. Diese Gebetsversammlung war mir so peinlich. Ihnen etwa nicht?«

»Gebetsversammlung? Wann und wo?«

»Direkt unter uns. Haben Sie es nicht gehört?«

»Bei mir war nichts zu hören.« Glover sah sich um und trat einen Schritt zur Seite.

»Trinken Sie ein Glas mit mir?« sagte Mr. Pinfold.

»Nein, danke. Jetzt nicht. In einer Gegend wie Ceylon lernt man, sich damit zurückzuhalten.«

»Was macht Ihr Hund?«

»Mein Hund?«

»Ihr Geheimhund, sozusagen. Der blinde Passagier. Aber denken Sie ja nicht, ich wollte mich beschweren. Mich stört Ihr Hund nicht. Das Grammophon übrigens auch nicht.«

»Wieso? Ich habe keinen Hund. Auch kein Grammophon.«

»Na gut«, sagte Mr. Pinfold leicht gekränkt. »Dann muß ich mich wohl geirrt haben.«

Wenn Glover ihn nicht ins Vertrauen zog, dann wollte er sich ihm nicht aufdrängen.

»Bis nachher beim Essen«, sagte Glover und verzog sich.

Er war schon im weißen Dinnerjackett, wie auch einige ande-

sagiere. Es wurde Zeit zum Umziehen. Als Mr. Pinfold abine betrat, war von unten nichts mehr zu hören, der unkeusche Seemann und sein Beichtvater waren nicht mehr da. Aber die Jazzband spielte in den höchsten Tönen. Dann war es also nicht Glovers Grammophon. Während er sich umzog, dachte Mr. Pinfold weiter nach. Im Krieg war er auf Truppentransportern verschifft worden, die mit Lautsprechern auf sämtlichen Decks ausgerüstet waren. Diese spuckten von Zeit zu Zeit schwerverständliche Alarmmeldungen und Einsatzbefehle aus, zu gewissen Stunden auch Unterhaltungsmusik und Schlager. Offenbar gab es auf der ›Caliban‹ eine ähnliche Anlage. Das konnte sehr störend werden, wenn er erst einmal mit dem Schreiben begann. Er mußte sich rechtzeitig erkundigen, ob man die Lautsprecher abschalten konnte.

Er brauchte lange zum Ankleiden. Seine Finger mühten sich mit Krawatte und Manschettenknöpfen ab, und der Spiegel zeigte ihm immer noch ein verkrampftes, fleckig gerötetes Gesicht. Als er endlich fertig war, ertönte schon der übliche Gong. Mit den eleganteren Halbschuhen gab er sich gar nicht mehr ab, sondern schlüpfte in die bequemen, pelzgefütterten Stiefel, die er auf der Bahnfahrt getragen hatte. Dann machte er sich schwerfällig auf den Weg, eine Hand fest auf dem Geländer, in der anderen seinen Rohrstock. Am Treppenaufgang bemerkte er zum ersten Mal eine Bronzeplakette, der zu entnehmen war, daß die ›Caliban‹ im Krieg für die Königliche Marine gefahren und bei der Landung der Truppen in Nordafrika und der Bretagne im Einsatz gewesen war.

Er war der erste am Tisch des Kapitäns und überhaupt einer der ersten, die im Speisesaal erschienen. Ein untersetzter dunkelhaariger Mann im Straßenanzug fiel ihm auf, der allein an einem Tisch saß. Langsam füllte sich der Saal. Mr. Pinfold fühlte sich leicht benommen und beobachtete die Gäste wie durch einen Nebelschleier. Die vergnügteste Gesellschaft, darunter die wenigen jüngeren Frauen an Bord und Männer, die er schon an der Bar gesehen hatte, war am Tisch des Zahlmeisters versammelt. Die Suppe wurde serviert. Zwei oder drei farbige Stewards standen bei der Anrichte und sprachen gedämpft miteinander. Plötzlich vernahm Mr. Pinfold zu seiner Überraschung ganz deutlich drei höchst unflätige Redensarten in akzentfreiem Englisch. Entrüstet blickte er auf. Sofort glitt einer der Stewards herbei.

»Ja, Sir. Möchten Sie etwas trinken, Sir?«

Die Höflichkeit des Mannes wirkte echt, in der weichen südindischen Aussprache erinnerte nichts an die unglaublichen Äußerungen, die er soeben gehört hatte. Verwirrt sagte Mr. Pinfold: »Wein, bitte.«

»Wein, Sir?«

»Haben Sie auch Sekt an Bord?«

»Selbstverständlich, Sir. Drei Marken. Ich hole Getränkekarte.«

»Lassen Sie nur. Einfach eine halbe Flasche. Irgendeine.«

Glover erschien und nahm gegenüber Platz.

»Ich muß mich bei Ihnen entschuldigen«, sagte Mr. Pinfold, »es war kein Grammophon. Vielleicht eine Radioanlage, die noch vom Krieg her an Bord ist.«

»Ach so, das war es also.«

»Jedenfalls ist es die einfachste Erklärung.«

»Ohne Zweifel.«

»Sehr seltsame Sprache, die man von dem Personal zu hören bekommt.«

»Die stammen alle aus Trawankur, ganz im Südwesten von Indien.«

»Das meine ich nicht, sondern wenn sie fluchen. Vor unseren Ohren, meine ich. Vielleicht sind sie nicht absichtlich unverschämt, aber jedenfalls nicht gerade gut geschult.«

»Ist mir nie aufgefallen«, sagte Glover. Es fiel ihm anscheinend schwer, sich an der Unterhaltung zu beteiligen.

Allmählich wurde der Tisch besetzt. Kapitän Steerforth begrüßte seine Gäste und nahm seinen Platz oben an der Tafel ein; auf den ersten Blick war er ein unauffälliger Mann. Eine hübsche junge Frau, eine Mrs. Scarfield, nahm neben Mr. Pinfold Platz. Er entschuldigte sich, daß ihn das Rheuma plagte und er nicht aufstehen konnte. »Mein Arzt hat mir ein ziemlich stark wirkendes Mittel verschrieben. Ich fühle mich ganz anders als sonst. Sie müssen entschuldigen, wenn ich ein langweiliger Tischnachbar bin.«

»Ich bitte Sie, das sind wir doch mehr oder weniger alle. Sie sind doch der Schriftsteller? Leider komme ich fast nie zum Lesen, die Zeit vergeht so schnell.«

An diese Art von Unterhaltung war Mr. Pinfold durchaus gewöhnt, aber heute fühlte er sich hilflos. »Schön für Sie«, sagte er und widmete sich seinem Weinglas. Sicher hält sie mich für betrunken, dachte er dann und bemühte sich, seinen Zustand zu erklären: »Es sind so große, graue Tabletten. Weiß nicht, was drin ist. Der Doktor weiß es wohl auch nicht. Etwas ganz Neues.«

»Oh, wie aufregend«, sagte Mrs. Scarfield.

Mr. Pinfold gab es auf. Bis zum Ende des Dinners, von dem er nur wenig zu sich nahm, versank er in Schweigen.

Als der Kapitän die Tafel aufhob, standen alle vom Tisch auf. Mr. Pinfold tastete nach seinem Stock und begann, sich schwerfällig zu erheben. Am liebsten wäre er jetzt in seine Kabine gegangen, aber eine seltsame Furcht, man könne ihn für seekrank halten, ließ ihn zögern. Noch eine andere, noch ungewohntere Angst hielt ihn zurück, als ginge es um ein Pflichtversäumnis. Er war jetzt Kapitän Steerforth unterstellt und mußte auf seinem Posten bleiben, so lange, bis er entlassen wurde. Also folgte er mühevoll der Gesellschaft in den Salon und ließ sich in einen Sessel zwischen Mr. und Mrs. Scarfield sinken. Er wollte für alle Brandy bringen lassen, aber sie lehnten ab und nahmen Kaffee, während er für sich Brandy, gemischt mit Crème de menthe bestellte. Er sah Mr. und Mrs. Scarfield einen bedeutungsvollen Blick wechseln, der zu bestätigen schien, wovon sie kurz zuvor gesprochen hatten – »Liebling, der Mann neben mir, dieser Schriftsteller, ist völlig benebelt.« – »Nein, wirklich?« – »Ja, total blau.«

Mrs. Scarfield war eine Schönheit, dachte Mr. Pinfold bei sich. Schade, dieser Teint würde sich in Burma nicht lange halten.

Mr. Scarfield war Holzhändler, hauptsächlich Teakholz. Seine geschäftlichen Aussichten hingen weniger von seinem eigenen Fleiß und Können ab als von den Entscheidungen der Politiker. Jedenfalls suchte er dies den Anwesenden klarzumachen.

»In einer Demokratie«, warf Mr. Pinfold mit mehr Nachdruck als Originalität ein, »streben Menschen nicht deshalb nach der Macht, weil sie eine bestimmte Politik durchsetzen wollen. Sie setzen eine Politik durch, um mehr Macht zu gewinnen.« Er verbreitete sich über das Thema, indem er viele Beispiele heranzog.

Nun waren Mr. Pinfold im Lauf seines Lebens die meisten englischen Politiker irgendwann einmal über den Weg gelaufen. Einige kannte er recht gut als Mitglieder von Bellamy's, seinem eigenen Klub. Ohne Rücksicht auf seine Zuhörer begann er so vertraulich von ihnen zu sprechen, wie er das unter Freunden gewohnt war. Die Scarfields wechselten wieder Blicke, und erst da fiel ihm ein, leider zu spät, daß er sich nicht in der gewohnten Gesellschaft befand. Diese Leute hier hielten die Bekanntschaft mit prominenten Politikern keineswegs für etwas wenig Erstrebenswertes, beinahe Anrüchiges, im Gegenteil – sie dachten, er spiele sich auf. Mitten im Satz hielt er, schamerfüllt, inne.

»Oh, wie aufregend, wenn man hinter die Kulissen schaut«, sagte Mrs. Scarfield. »Wir erfahren ja nur, was die Zeitungen uns verraten.«

Versteckte sie hinter ihrem Lächeln einen gehässigen Blick? Sie war ihm zuerst offen und freundlich vorgekommen. Jetzt vermeinte er eine hinterhältige Feindseligkeit zu spüren.

»Ach, ich lese die Seiten der Politik so gut wie nie«, sagte er.

»Das haben Sie wohl auch nicht nötig. Sie sitzen ja an der Quelle.«

Es war kein Zweifel, er hatte sich entsetzlich lächerlich benommen. Jetzt war es ihm gleich, ob sie dachten, er wäre seekrank; er verbeugte sich vor dem Kapitän und den Scarfields, so gut er konnte.

»Bitte mich zu entschuldigen. Ich möchte mich zurückziehen.« Er hatte große Mühe, aus dem tiefen Sessel hochzukommen, die Stöcke waren ihm im Weg, und er war nicht sicher auf den Beinen. Sie hatten ihm etwas kurz angebunden eine »Gute Nacht« gewünscht, und er hatte noch nicht den Salon verlassen, da sagte der Kapitän schon etwas, das sie alle zum Lachen brachte. Ein dreifaches Gelächter, das in Mr. Pinfolds Ohren spöttisch und grausam klang. Auf dem Weg zur Tür begegnete ihm Glover. Er versuchte, sich zu rechtfertigen. »Ich verstehe eigentlich nichts von Politik.«

»Ah ja?« sagte Glover.

»Sagen Sie es ihnen, daß ich nichts davon verstehe.«

»Wem denn?«

»Dem Kapitän.«

»Aber der sitzt doch dahinten.«

»Na gut, es ist nicht so wichtig.«

Als er von der Tür her noch einmal zurückblickte, sah er Glover mit den Scarfields sprechen. Sie taten so, als wollten sie eine Bridgepartie arrangieren, aber Mr. Pinfold wußte, daß eine Verschwörung dahintersteckte – und die galt *ihm.*

Es war zwar noch nicht einmal neun Uhr, doch Mr. Pinfold zog sich aus, hängte seine Kleider ordentlich auf, wusch sich und nahm seine Rheumapille. In der Flasche mit dem Schlafmittel waren nur noch etwa drei Teelöffel voll. Er beschloß, für heute darauf zu verzichten, jedenfalls bis gegen Mitternacht. Die See war ruhig, das Bett bewegte sich kaum. Er lag ganz entspannt und schlug einen Roman auf, den er sich mitgebracht hatte.

Er hatte noch nicht eine Seite gelesen, da begann die Musik wieder zu spielen. Das war kein Radio, das war ein echtes Orchester, eine Orchesterprobe direkt unter ihm. Die Musiker befanden sich im selben Saal, wo am Nachmittag die Bibelversammlung stattgefunden hatte, und wieder konnte er jedes Wort verstehen; es waren unbeschwerte, fröhliche junge Leute, sicherlich die vom Tisch des Zahlmeisters. Sie hatten Trommeln, Pfeifen und eine Art Kinderklappern. Die Trommeln und Klappern verursachten den Hauptlärm. Mr. Pinfold verstand, wie gesagt, nichts von Musik. Der Rhythmus, den er vernahm, schien ihm von ganz besonders primitiven Wilden übernommen zu sein und bestimmt ohne künstlerischen Wert, allerdings von anthropologischem Interesse.

Diese Vermutung erwies sich als richtig. »Jetzt das von den Pocoputa-Indianern«, sagte der junge Mann, der den Anführer zu spielen versuchte.

»Nein, oh nein, doch nicht *das*, es ist zu *bestialisch*«, sagte eine Mädchenstimme.

»Weiß ich«, sagte der Anführer. »Das macht der Dreiachtelrhythmus. Die deutsche Gestapo hatte das auch herausgefunden. Es wurde in den Gefängniszellen gespielt, die Häftlinge wurden dabei verrückt.«

»Ja«, sagte ein anderes junges Mädchen. »Nach sechsunddreißig Stunden hatte auch der letzte genug, aber die meisten waren nach zwölf Stunden schon fertig. Keine Folter sonst war so schwer zu ertragen.«

»Sie wurden dabei völlig verrückt.« »Völlig aus dem Häuschen.« »Total sinnlos verrückt.« »Es war die schlimmste Folter, die es gab.« »Jetzt machen das die Russen.« Die Stimmen klangen jung und eifrig, alle sprachen zugleich, jeder wollte mitreden. »Die Ungarn sind Spitze darin.« »Der gute alte Dreiachtel.«

»Die guten alten Pocoputas.« »Total verrückt.«

»Hoffentlich kann uns keiner hören«, sagte eine zarte Mädchenstimme.

»Sei doch nicht so feige, Mimi. Außerdem sind alle oben auf Deck.«

»Na los dann«, rief der Anführer, »den Dreiachtelschlag.«

Und dann ging es los.

Der Lärm stampfte und hämmerte und verwandelte die Kabine in eine Gefängniszelle. Mr. Pinfold war es ohnehin nicht gewohnt, wie so mancher andere, bei musikalischer Untermalung zu denken oder sich zu unterhalten. Sogar als er noch jung war, hatte er unter den Nachtklubs solche bevorzugt, in denen es eine Bar außerhalb der Hörweite der Kapelle gab. Zwar kannte er Leute – sein Freund Roger Stillingfleet gehörte dazu –, für die Jazzmusik so etwas wie eine Droge war, ob anregend oder eher beruhigend, wußte Mr. Pinfold nicht so genau. Er selbst benötigte jedenfalls die Stille. Der Dreiachtelschlag war wirklich eine Tortur. Dabei konnte er nicht lesen. Er war noch nicht einmal eine Viertelstunde in seiner Kabine, endlose, unerträgliche Stunden lagen vor ihm. Kurzentschlossen führte er sich den Rest aus der Schlafmittelflasche zu Gemüte und fiel unter den Klängen der fröhlichen jungen Leute in einen tiefen, ohnmachtähnlichen Schlaf.

Noch vor dem Morgengrauen wachte er auf. Die lebhaften jungen Leute unter ihm waren nicht mehr da, der Dreiachtelrhythmus hatte aufgehört. Auch draußen war alles still, kein Schatten zeigte sich auf seinem Milchglasfenster. Aber dafür war über ihm ein Höllenspektakel. Die Matrosen, jedenfalls ziemlich viele von ihnen, wurden offenbar gezwungen, das Deck mit einem Gerät zu säubern, das sich anhörte wie ein eiserner Rechen, oder vielleicht eine riesige Egge mit Kettenantrieb. Sie schimpften und fluchten in ihrer fremden Sprache vor sich hin, und der diensthabende Offizier dröhnte als alter Seebär dazwischen: »Los, schneller, ihr schwarzen Hunde. Vorwärts.«

Die Inder waren nicht so leicht zum Schweigen zu bringen. Sie schrieen unverständlich durcheinander.

»Ich lasse den Stockmeister holen«, brüllte der Offizier. Wohl nur eine leere Drohung, dachte Mr. Pinfold. Es war kaum vorstellbar, daß es auf der ›Caliban‹ noch Prügelstrafen gab.

»Bei Gott, wer nicht stillsteht, wird erschossen.«

Jetzt wurde der Tumult noch schlimmer. Mr. Pinfold sah das Bild vor sich, das schwach beleuchtete Deck, die schwarzen, wutverzerrten Gesichter der Inder, den Menschenschinder, der mit der altmodischen Schiffspistole in der Hand dastand. Plötzlich erscholl ohrenbetäubender Krach, kein Schuß, sondern ein überwältigendes metallisches Dröhnen und Klirren, als ob hundert Schüreisen und hundert Feuerzangen auf einmal auf eine eiserne Kamineinfassung gestürzt wären, dann ein Aufschrei wie in Todesnot, dann vollkommene Stille.

»Na also«, sagte der Seebär, jetzt eher im Ton eines Kindermädchens, »nun könnt ihr sehen, was ihr angerichtet habt.«

Was immer passiert sein mochte, das schreckliche Ereignis hatte den leidenschaftlichen Zorn der Matrosen gedämpft. Jetzt waren sie ganz zahm und offenbar bereit, das Unglück wiedergutzumachen. Man hörte nichts als die sachlichen Befehle und das Winseln des Verletzten.

»Nun mal langsam. Immer mit der Ruhe. Du da, lauf zum Lazarett und hol den Arzt. Du gehst zur Brücke und machst Meldung...«

Lange Zeit hindurch, sicher zwei Stunden, lag Mr. Pinfold in seiner Koje und lauschte. Er konnte deutlich hören, was gesagt wurde, nicht nur in unmittelbarer Nachbarschaft, sondern auf dem ganzen Schiff. Er hatte das Licht angemacht, und als er die Kabinendecke mit dem Gewirr von Röhren und Leitungen ansah, wurde ihm klar, daß er sich direkt unter einem Knotenpunkt in der Sprechanlage des Schiffes befand. Durch einen Schaltfehler oder eine Manipulation konnte er alles mithören, was irgendwo an entscheidender Stelle gesprochen wurde. Vielleicht rührte das noch vom Krieg her, das würde alles erklären. Zur Zeit der Bombenangriffe auf London, als es kaum Hotelzimmer gab, hatte man ihm einmal ein Zimmer zugewiesen, das ein amerikanischer Politiker gerade erst geräumt hatte. Als er zum Telefonhörer griff, um sein Frühstück zu bestellen, war er plötzlich über eine Geheimleitung direkt mit Downing Street verbunden.

Etwas dieser Art mußte auf der ›Caliban‹ im Spiel sein, aus der Zeit, als sie für die Royal Navy fuhr. Seine eigene Kabine hatte wohl damals als Befehlszentrale gedient; nach dem Kriege, beim Wiederumbau, hatten die Techniker es einfach unterlassen, die Leitungen zu entfernen. Das erklärte alles. Das war der Grund, weshalb er von überall her Stimmen hörte und das gesamte weitere Geschehen verfolgen konnte.

Der Verwundete war offenbar in irgendein Gitterwerk aus Metall verheddert. Er schrie jämmerlich, als man ohne Erfolg versuchte, ihn herauszuziehen. Dann wurde beschlossen, ihn herauszuschneiden. Das ging zwar erstaunlich schnell vor sich, aber das Gitter, wozu auch immer es gedient haben mochte, wurde dadurch unbrauchbar und deshalb stückweise über das Deck geschleift und ins Meer geworfen. Das winselnde Unglücksopfer wurde zum Schiffslazarett gebracht und einer Krankenschwester anvertraut, die zwar freundlich schien, aber nichts von ihrer Sache verstand. »Ganz tapfer sein«, sagte sie,

»dann bete ich auch einen Rosenkranz. Ganz tapfer sein.« Gleichzeitig stellte der Schiffsfunker die Verbindung zu einem Krankenhaus an Land her, von wo er Anweisungen für die Erste Hilfe erhielt. Vom Schiffsarzt war nichts zu hören. Die Anordnungen für die Behandlung wurden an Land getroffen und von dort an das Schiffslazarett gefunkt. Schließlich hörte Mr. Pinfold den Kapitän auf der Brücke sagen: »Einen Kranken kann ich an Bord nicht mitschleppen. Sowie uns ein Schiff begegnet, nehmen wir Kontakt auf und schicken ihn nach Hause.«

Das Krankenhaus an Land empfahl eine Morphiuminjektion, und als Mr. Pinfold sich die Wirkung auf den verunglückten Inder vorstellte, wurde auch er benommen. Während er noch die Schwester ihre Gebete murmeln hörte, schlief er ein.

Er erwachte erst, als der farbige Steward den Tee hereinbrachte.

»Ein schlimmes Unglück heute nacht«, sagte Mr. Pinfold.

»Ja, Sir.«

»Wie geht es dem armen Opfer?«

»Acht Uhr, Sir.«

»Hat man schon Verbindung mit einem Schiff, das ihn heimwärts transportiert?«

»Ja, Sir. Frühstück um halb neun, Sir.«

Mr. Pinfold trank den Tee. Er hatte noch keine Lust, aufzustehen. In der Sprechanlage war alles ruhig. Er nahm sein Buch zur Hand und fing an zu lesen. Plötzlich ein hörbares Knacken, und dann waren auch die Stimmen wieder deutlich zu verstehen.

Jetzt verhandelte Kapitän Steerforth mit einer Abordnung der Matrosen. »Ich möchte darauf hinweisen«, sagte er, »daß eine beträchtliche Menge wertvollen Metalls der Rettung eines einzigen Besatzungsmitglieds geopfert wurde. Es handelte sich um echtes, reines Kupfer. Eins der wertvollsten Metalle auf der Welt. Die Entscheidung war richtig, und die Reederei wird ihr zweifellos zustimmen. Aber alle sollten sich bewußt sein, daß allein auf einem britischen Schiff ein solches Opfer möglich ist. Unter jeder anderen Nationalflagge hätte man eher den Mann zerstückelt als das Metall. Das ist allgemein bekannt. Es sollte niemals vergessen werden. Und noch etwas. Um den Verletzten nicht nach Port Said und in ein schmutziges Eingeborenenhospital zu bringen, habe ich ihn auf ein anderes Schiff transportieren lassen. Er befindet sich bereits auf dem Weg nach England. Eine bessere Behandlung hätte selbst der Schiffseigner nicht erwarten können. Ich kenne die Klinik, zu der man ihn bringt, ein schöner, idyllischer Ort, ein Ort, wie ihn sich jeder Matrose erträumt. Dort wird er aufs allerbeste behandelt und wird in aller Bequemlichkeit leben – wenn er am Leben bleibt. Solch ein Schiff ist die ›Caliban‹. Für die Männer, die mit ihr fahren, kann nichts zu teuer sein.«

Die Versammelten gingen jetzt anscheinend auseinander. Schlurfende Schritte, Gemurmel, dann redete eine Frau. Ihre Stimme sollte Mr. Pinfold demnächst nur allzu vertraut werden. Jeder Mensch kennt einzelne Stimmen, die ihm unsympathisch sind, seien sie hoch oder tief, scharf, heiser oder schrill; sie machen uns nervös, die Haare sträuben sich, Zähne knirschen – ein klarer Fall von Allergie, hätte Dr. Drake gesagt. Dem Kapitän machte die Stimme dieser Frau offenbar nichts aus, aber Mr. Pinfold bereitete sie Höllenqualen.

»Gut gemacht«, sagte diese Stimme. »Die werden so bald nicht wieder aufsässig.«

»Ja«, sagte Kapitän Steerforth. »Wir haben die kleine Meuterei im Keim erstickt. Jetzt wird es wohl keinen Ärger mehr geben.«

»Jedenfalls bis zum nächsten Mal« – das war wieder dies zynische Weibsstück. »Und wie lächerlich der Mann sich aufgeführt hat – er heulte wie ein Kind! Gott sei Dank, den sehen wir nie wieder. Ein guter Witz von dir – ›ein schöner, idyllischer Ort‹.«

»Die haben keine Ahnung, daß ich ihn zur Hölle geschickt habe. Mein ganzes Kupfer über Bord gehen zu lassen, wahrhaftig! Der wird sich noch wünschen, er wäre in Port Said.«

Von der Frau kam abscheuliches Gelächter. »Er wird sich noch wünschen, er wäre tot.«

Es klickte im Lautsprecher (anscheinend überwachte jemand die Anlage, dachte Mr. Pinfold), dann waren zwei Passagiere zu hören, der Sprache nach ältere aktive Offiziere.

»Ich meine, die Passagiere sollten informiert werden«, sagte der eine.

»Ja, wir sollten eine Versammlung einberufen. So etwas spielt sich viel zu oft ab, ohne daß es Anerkennung findet. Eine formelle Dankadresse wäre meines Erachtens angebracht.«

»Eine ganze Tonne Kupfer, sagten Sie?«

»Reines Kupfer, zerstückelt und über Bord geworfen. Alles für einen einzigen Nigger. Auf die britische Marine kann man immer noch stolz sein.«

Die Stimmen schwiegen für eine Weile. Mr. Pinfold fühlte sich ein wenig ratlos. War es nicht seine moralische Pflicht, an der Versammlung teilzunehmen und dort vorzubringen, was er über den wahren Charakter des Kapitäns und seiner Komplizin wußte? Das Problem war natürlich, seine Anschuldigungen zu beweisen; dazu mußte er erklären, auf welche Weise er die beiden belauscht hatte.

Leise Musik drang an sein Ohr, ein Oratorium, von einem großen Chor, aber ziemlich weit entfernt, gesungen. »Das muß nun wirklich eine Schallplatte sein«, dachte Mr. Pinfold. »Oder das Radio. So etwas kann man nicht an Bord aufführen.« Trotzdem schlief er ein, bis er von einer anderen Musik gestört wurde. Jetzt waren es wieder die flotten jungen Leute mit dem Pocoputa, dem Dreiachtelrhythmus. Mr. Pinfold sah auf die Uhr. Es war halb zwölf, er mußte ohnehin aufstehen.

Während er sich mit Mühe rasierte und anzog, dachte er über

seine Lage nach. Nun, da er die Technik der Anlage durchschaute, war ihm auch klar, daß der Saal, in dem die Jazzband spielte, sich praktisch überall auf dem Schiff befinden konnte. Der Andachtsraum ebenfalls. Er hatte sich schon gewundert, daß die Geräusche so deutlich vernehmbar aus dem Fußboden gekommen waren, und daß nur er sie hören konnte, Glover hingegen nicht. Das alles war jetzt erklärlich. Was er noch nicht durchschaute, war, warum die Stimmen einmal von hier, einmal von dort kamen und wer sie ein- und ausschaltete. Es war kaum denkbar, daß jemand an einem Schaltbrett saß und die Geräusche absichtlich in seine Kabine lenkte. Und der Kapitän war ja wohl kaum scharf darauf, daß seine Privatgespräche, die ihn bloßstellten, mitgehört wurden. Mr. Pinfold wünschte, er wüßte besser mit der Technik Bescheid. Er erinnerte sich, daß es in London kurz nach dem Krieg, als so vieles lange nicht erneuert worden war, ähnlichen Ärger mit dem Telefon gab: die Verbindung war unterbrochen, es knisterte in der Leitung, dann schüttelte und ruckelte man ein wenig und das Gespräch konnte weitergehen. Es war ja möglich, daß irgendwo über seinem Kopf, in dem Entlüftungsrohr vermutlich, lauter alte ausgefranste Kabel dicht beieinander lagen und die normale Schiffsbewegung einmal diesen, einmal jenen Kontakt mit den verschiedenen Räumen herstellte.

Bevor er hinausging, nahm er noch seine Pillenschachtel zur Hand. Er war nicht gesund. Es war nicht nur das Rheuma, er war auch sonst nicht in Ordnung. Immerhin wußte Doktor Drake nichts von seinem Schlafmittelkonsum. Vielleicht vertrugen die Tabletten, die »neu und ganz schön stark« sein sollten, sich nicht mit dem Bromid und Chloral; vielleicht auch nicht mit dem Gin und dem Brandy. Von dem Schlafmittel war ohnehin nichts mehr da. Mit den Pillen konnte er es ja noch ein- oder zweimal probieren. Er schluckte eine und machte sich auf den Weg zum Hauptdeck.

Auf dem Deck war Leben und Bewegung, Sonnenschein und eine frische Brise. Die jungen Leute hatten in der kurzen Zeit, die Mr. Pinfold brauchte, um die Treppen hochzusteigen, das Konzert abgebrochen. Jetzt waren sie auf dem Achterdeck um das Shuffleboard versammelt, sahen einander beim Spiel zu und brachen in stürmisches Gelächter aus, wenn das Schlingern des Schiffes sie einander in die Arme warf. Mr. Pinfold stand an die Reling gelehnt, blickte auf sie herab und wunderte sich, daß so muntere, friedliche Wesen sich an der Tortur der Pocoputamusik erfreuen konnten. Hinten am Heck stand Glover ganz allein und schwang seinen Golfschläger. Auf der Sonnenseite des Hauptdecks saßen die älteren Passagiere, in Decken gewickelt und mit einem Buch oder Strickzeug in der Hand. Die jungen Burmesen machten meist zu zweit einen Rundgang. Sie waren fast alle gleich gekleidet, in marineblauem Blazer und heller Hose, und sahen aus wie Offiziere, die zur Parade gehen.

Mr. Pinfold blickte sich nach den älteren Herren um, die sich so lobend über den Kapitän geäußert hatten. Sie wußten nicht, was er herausgefunden hatte, und er hielt es für seine Pflicht, sie darin zu korrigieren. Ihre Stimmen, nicht mehr jung, und ihre Sprechweise, militärisch kurz und konventionell, hatten ihm eine genaue Vorstellung von ihnen vermittelt. Sie waren höhere Offiziere, wohl Generale, und jetzt im Ruhestand. Im Jahr 1914 waren sie jung und schneidig gewesen, Regimentsoffiziere, vielleicht sogar Kavalleristen, und am Ende des Weltkrieges Brigadekommandeure. Dann hatten sie die Stabsakademie absolviert und hatten geduldig auf den nächsten Krieg gewartet, aber als er 1939 endlich kam, waren sie für den Fronteinsatz schon zu alt. Da hatten sie getreulich in der Militärverwaltung Dienst getan, Luftschutzwache gehalten und sich mit Whisky und Rasierklingen eingeschränkt. Jetzt konnten sie sich nicht mehr leisten als alle zwei Jahre eine billige

Winterkreuzfahrt. Eigentlich bewundernswert, diese alten Herren. Aber sie waren weder auf dem Deck noch in den verschiedenen Salons zu finden.

Als die Zwölf-Uhr-Sirene ertönte, gab es einen allgemeinen Aufbruch. In der Bar wurde die Strecke verkündet, die das Schiff in 24 Stunden zurückgelegt hatte und die jeden Tag Gegenstand einer Wette war. Heute hatte Mr. Scarfield gewonnen, worauf er eine Runde für alle Anwesenden, auch Mr. Pinfold, spendierte. Mrs. Scarfield stand neben ihm, und so sagte Mr. Pinfold: »Übrigens, gestern abend habe ich wohl alle entsetzlich gelangweilt.«

»Finden Sie? Nicht solange Sie bei uns waren.«

»All dies Gerede über Politik. Es liegt an den Tabletten, die ich nehmen muß. Ich fühle mich nicht normal.«

»Das tut mir leid für Sie«, sagte Mrs. Scarfield, »aber ich fand Sie nicht langweilig. Im Gegenteil, ich war fasziniert.«

Mr. Pinfold blickte sie unsicher an, aber nichts in ihrer Miene deutete auf Ironie hin. »Jedenfalls werde ich nicht wieder solche Reden halten.«

»Aber ich bitte Sie.«

Die Damen, die ihm als Mrs. Benson und Mrs. Cockson bekannt waren, saßen an derselben Stelle wie gestern. Die beiden genehmigten sich immer gern ein Schlückchen, dachte Mr. Pinfold nicht ohne Wohlwollen; zwei reizende Damen. Er nickte ihnen zu, dann nickte er rundum jedem zu, der ihn ansah. Er fühlte sich auf einmal viel besser. Nur einer stand abseits von den geselligen Grüppchen, der kleine Schwarzhaarige, der Mr. Pinfold schon beim Essen an seinem Einzeltisch aufgefallen war.

Als der Steward mit dem kleinen wohltönenden Gong kam, bewegte Mr. Pinfold sich wie alle anderen zum Speisesaal. Heute, da er den wahren Charakter von Kapitän Steerforth kannte, war es ihm ziemlich zuwider, am selben Tisch Platz zu nehmen. Er nickte ihm nur kurz zu und wendete sich an Glover:

»Ziemlicher Lärm heute nacht, fanden Sie nicht?«

»Lärm?« fragte Glover. »Ich habe nichts gehört.«

»Dann haben Sie sehr fest geschlafen.«

»Eigentlich nicht. Ich habe sonst einen guten Schlaf, aber hier fehlt mir die körperliche Bewegung. Ich habe die halbe Nacht wachgelegen.«

»Und Sie haben nichts von dem Unfall bemerkt?«

»Nein.«

»Unfall?« mischte Mrs. Scarfield sich ein, »Kapitän Steerforth, hat es einen Unfall gegeben?«

»Nicht daß ich wüßte«, sagte der Kapitän ungerührt.

»Dieser Schurke«, dachte Mr. Pinfold, »der gemeine, skrupellose, hinterhältige Lüstling«. Obwohl Kapitän Steerforth keine weiteren Anzeichen von Wollüstigkeit hatte erkennen lassen, wußte Mr. Pinfold doch instinktiv, daß er mit der Frau mit der harten Stimme – der Stewardeß, Sekretärin, Mitreisenden oder was immer sie sein mochte – eine schmuddelige Liebesaffäre hatte.

»Was war es denn für ein Unfall, Mr. Pinfold?« fragte Mrs. Scarfield.

»Ich muß mich geirrt haben«, antwortete Mr. Pinfold steif. »Das passiert mir öfter.«

Es saß noch ein anderes Ehepaar am Tisch. Sie waren auch am Tag zuvor schon dagewesen, hatten zu der Gruppe gehört, vor der Mr. Pinfold sich so taktlos aufgeführt hatte, aber er hatte weiter keine Notiz von ihnen genommen: höfliche Leute mittleren Alters, unauffällig, vermutlich wohlhabend, keine Engländer, eher Holländer oder Skandinavier. Die Frau beugte sich vor und sagte schelmisch:

»Ich habe zwei Romane von Ihnen in der Schiffsbibliothek gefunden.«

»Oh.«

»Einen habe ich mir geben lassen. Es ist ›Der letzte Gong‹.«

»›Der letzte Gang‹«, verbesserte Mr. Pinfold.

»Ja, natürlich. Wohl ein humorvolles Buch?«

»Manche Leute haben es jedenfalls komisch gefunden.«

»Das finde ich auch. Und Sie? Ich finde, Sie haben einen ganz eigenen Sinn für Humor, Mr. Pinfold.«

»Ah.«

»Dafür sind Sie doch berühmt, für Ihren Sinn für Humor?«

»Schon möglich.«

»Kann ich es nach Ihnen lesen?« wollte Mrs. Scarfield wissen. »Alle sagen von mir, daß ich auch solch einen besonderen Sinn für Humor habe.«

»Aber nicht denselben wie Mr. Pinfold?«

»Das wird sich ja zeigen.«

»Ich fürchte, Liebling, du bringst den Autor in Verlegenheit«, sagte Mr. Scarfield.

»Oh, das ist er sicherlich gewohnt«, antwortete seine Frau.

»Er nimmt dies alles mit seinem besonderen Sinn für Humor auf«, sagte die Dame aus dem Ausland.

»Würden Sie mich bitte entschuldigen«, brummte Mr. Pinfold und mühte sich, auf die Füße zu kommen.

»Man sieht doch, es ist ihm peinlich.«

»Nein«, sagte die Ausländerin. »Es ist sein Humor. Er wird sich wohl über uns Notizen machen. Wir werden alle, wie wir sind, in einem komischen Roman auftauchen.«

Beim Aufstehen fiel Mr. Pinfolds Blick auf den Einzeltisch, an dem der Schwarzhaarige saß. So wäre ich besser aufgehoben gewesen, dachte er. Das letzte, was er hörte, als er den Speisesaal verließ, war das jugendlich fröhliche Gelächter am Tisch des Zahlmeisters.

In der knappen Stunde, in der er fort gewesen war, hatte jemand seine Kabine aufgeräumt und das Bett gemacht, so straff und streng wie in einem Krankenhaus. Er zog Jacke und Stiefel aus, steckte sich eine Zigarre an und legte sich lang. Den ganzen

Tag hatte er kaum etwas gegessen, aber er hatte keinen Hunger. Die Rauchwölkchen stiegen zur Decke, er blickte ihnen nach in das Kabelgewirr und überlegte, wie er es anfangen könnte, nicht mehr am Tisch des Kapitäns zu essen. Er wollte beim Essen lieber schweigen und ungestört sein, wie dieser beneidenswerte, schlaue schwarze Kerl. Wie als Antwort auf diese Gedanken klickte es über ihm, und er hörte, wie die beiden pensionierten Offiziere sich über eben dieses Thema unterhielten.

»Also, mein Lieber, *mir* macht das verdammt wenig aus.«

»Ja, natürlich. Mir eigentlich auch nicht. Trotzdem fand ich es sehr anständig, daß er es erwähnte.«

»*Sehr* anständig. Was hat er denn gesagt?«

»Daß es ihm leid tat, daß er Sie und mich und meine Frau nicht an seinen Tisch bitten konnte. Der Platz reicht ja nur für sechs Gäste, und die Scarfields *mußte* er eben einfach nehmen.«

»Ja natürlich, das mußte er.«

»Ja, mußte er. Und dann diese Norweger – Ausländer eben.«

»Vornehme Ausländer.«

»Da muß er höflich sein. Das sind schon mal vier. Dann, bitte sehr, hatte er Befehl von der Reederei, sich um diesen Kerl Pinfold zu kümmern. Dann war noch ein Platz übrig. Sie und mich und meine Frau konnte er ja nicht trennen, also lud er den netten jungen Mann dazu – den mit dem Onkel in Liverpool.«

»Der hat einen Onkel in Liverpool?«

»Ja, eben. Deshalb hat er ihn ja ausgewählt.«

»Aber warum Pinfold?«

»Befehl von der Reederei. Es war nicht *seine* Idee.«

»Nein, natürlich nicht.«

»Wenn Sie mich fragen – dieser Pinfold trinkt.«

»Ja, habe ich auch schon gehört.«

»Ich war dabei, als er an Bord kam. Da war er schon blau. Total benebelt.«

»Benebelt ist der seitdem immerzu.«

»Behauptet, das käme von Tabletten.«

»Keinesfalls, er säuft eben. Habe schon bessere Männer als diesen Pinfold beim Suff landen sehen.«

»Scheußliche Sache. Warum ist er dann hier?«

»Wenn Sie mich fragen, wurde er auf dieses Schiff *geschickt* als eine Art Therapie.«

»Dann sollte sich jemand um ihn kümmern.«

»Haben Sie nicht den kleinen dunkelhaarigen Burschen gesehen, der so abseits sitzt? Würde mich nicht wundern, wenn *der* hier wäre, um ein Auge auf ihn zu haben.«

»So was wie ein Krankenpfleger?«

»Na, wohl schon eher ein Wärter.«

»Aha, den hat wohl seine Frau geschickt, ohne daß er es weiß?«

»So schätze ich die Situation ein.«

Die Stimmen der beiden alten Schwätzer wurden undeutlich und verstummten. Mr. Pinfold rauchte vor sich hin und fühlte keinen Groll. Was er gehört hatte, war der übliche Klatsch und Tratsch, mit dem man rechnen mußte und den man selbst gelegentlich über andere verbreitete. Es war nicht besonders angenehm, das mitanzuhören, aber auf der anderen Seite war die Vorstellung, seine Frau hätte einen Spion auf ihn angesetzt, wirklich ein guter Witz. Er würde es ihr im nächsten Brief erzählen. Beunruhigender war schon die Behauptung, er sei ein Trinker. Vielleicht machte er wirklich diesen Eindruck. Vielleicht hatte er an jenem Abend – wie lange war das jetzt her? –, als er so viel über Politik gesprochen hatte, *wirklich* ein wenig zuviel getrunken. Von irgend etwas hatte er ganz bestimmt zuviel zu sich genommen. Waren es die Pillen, oder das Schlafmittel, oder der Alkohol? Na, das Schlafmittel war jedenfalls aufgebraucht. Er beschloß, auch auf die Tabletten lieber zu verzichten. Er würde beim Wein bleiben und bei einem oder zwei Cocktails vor dem Essen und einem Brandy danach, dann würde er bald gesund und munter wie früher sein.

Die Zigarre, eine von den langen, war fast aufgeraucht, was immer eine Stunde dauerte, da wurde er in seinen Tagträumen unterbrochen, als sich die Kapitänskabine meldete.

Die liederliche Frau war wieder da. Er hörte die harte Stimme: »Du mußt ihm einen Denkzettel geben.«

»Das werde ich.«

»Aber kräftig.«

»Ja.«

»Einen, den er nicht wieder vergißt.«

Man hörte Schritte und flehentliches Winseln, so wie an jenem Morgen, als der Seemann verletzt war. An welchem Morgen? Wie lang war das her? Irgendwann auf dieser quälenden Reise. Anscheinend wurde ein Gefangener vor den Kapitän gezerrt.

»Bindet ihn am Stuhl fest«, befahl die Furie. Mr. Pinfold mußte an ›König Lear‹ denken: »Bindet ihm die welken Arme.« Wer sagte das? Goneril? Regan? Vielleicht keiner von beiden. Cornwall? Im Stück war es eine Männerstimme, aber hier war es eindeutig eine Frau. Für Mr. Pinfold, der gewohnt war, anderen Menschen Spitznamen anzuhängen, war sie fortan ›Goneril‹. »Ihr könnt ihn jetzt mir überlassen«, sagte Kapitän Steerforth.

»Und mir«, kreischte Goneril.

Mr. Pinfold war keineswegs überempfindlich und hatte auch nicht gerade ein behütetes Leben hinter sich; aber er hatte niemals physische Brutalität erdulden müssen, und er hatte eine starke Abneigung gegen Bücher oder Filme, die sie allzu unverhüllt darstellten. Hier lag er, in seiner schmucken Kabine auf einem britischen Schiff, nur ein paar Schritte von Glover und den Scarfields, Mrs. Benson und Mrs. Cockson entfernt, und wurde Zeuge einer entsetzlichen Szene, die zu einem jener widerlichen amerikanischen Kriminalfilme zu gehören schien, die er am meisten verabscheute.

In der Kajüte des Kapitäns waren drei Menschen, Steerforth, Goneril und der Gefangene, der einer der indischen Stewards war. Zuerst wurde so etwas wie Gericht gehalten. Goneril beschuldigte den Mann, sich ihr unzüchtig genähert zu haben. Für Mr. Pinfold schien es ein schwerwiegender Fall zu sein. Wenn man sich es recht überlegte – die zweideutige Stellung dieser Frau auf dem Schiff, die obszönen Redensarten, die einem im Speisesaal zu Ohren kamen, und das ekelhafte Beichtgespräch bei dem Prediger –, dann war der Vorfall, um den es ging, genau das, was man auf solch sittenlosem Schiff erwarten konnte. Schuldig, dachte Mr. Pinfold.

»Schuldig«, sagte der Kapitän, und bei diesem Wort pfiff Goneril befriedigt durch die Zähne. Langsam und planvoll, mit unverhülltem erotischem Vergnügen, machten der Kapitän und seine Freundin sich daran, den Gefangenen zu foltern, während das Schiff mit den ahnungslosen Passagieren gemächlich nach Süden dampfte.

Womit sie ihr Opfer quälten, konnte Mr. Pinfold sich nicht einmal vorstellen, er hörte nur das Heulen und Jammern und dazwischen, noch gräßlicher, die verzückten, orgiastischen Schreie von Goneril.

»Mehr. Mehr. Noch mal. Noch. Noch. Du hast noch lange nicht genug, du Biest. Gib ihm mehr, mehr, mehr, mehr.«

Mr. Pinfold konnte es nicht mehr ertragen, er mußte dem Greuel sofort ein Ende machen. Während er sich aus der Koje rollte und nach seinen Stiefeln tastete, wurde es totenstill. Goneril sagte plötzlich ernüchtert: »Genug jetzt.«

Kein Laut war von dem Opfer zu hören. Eine lange Pause, dann sagte Kapitän Steerforth: »Wenn du mich fragst, das war zuviel.«

»Er tut nur so«, sagte Goneril, aber es klang nicht überzeugt.

»Der ist tot«, sagte der Kapitän.

»Und was willst du jetzt machen?«

»Binde ihn los.«

»Ich rühre ihn nicht an. Ich habe ihn auch nicht angerührt. *Du* hast ihn umgebracht, du allein.«

Mr. Pinfold stand in seiner Kabine, genau wie, vermutlich, der Kapitän in der seinen, unschlüssig, was zu tun sei. Und dann spürte er plötzlich, daß die Schmerzen in seinen Beinen aufgehört hatten. Er ging in die Knie und wippte auf den Zehen: nichts. Er kannte das von früher, diese Anfälle kamen und verschwanden ohne ersichtlichen Grund. Aber jetzt fragte er sich trotz seiner großen Erregung, ob die Schmerzen vielleicht nervös verursacht waren, ob der Schock, den er gerade durchlitten hatte, das bewirkte, was die Pillen nicht geschafft hatten. Hatten die Todesqualen des Stewards ihn geheilt?

Diese Hypothese beschäftigte ihn so sehr, daß er die Mörder eine Weile vergaß.

Als er sich ihnen wieder zuwendete, hörte er:

»Als Schiffsführer stelle ich den Totenschein aus und lasse ihn nach Einbruch der Nacht ins Meer versenken.«

»Was ist mit dem Schiffsarzt?«

»Der muß auch unterschreiben. Wir schaffen als erstes die Leiche ins Lazarett. Wir wollen nicht schon wieder einen Aufruhr bei der Mannschaft. Geh und hol Margaret.«

Mr. Pinfold empfand die Situation als fürchterlich, aber im Moment konnte er nichts tun. Er konnte nicht allein in die Kajüte gehen und den Kapitän beschuldigen. Wie waren noch die Regeln – es gab doch welche? –, nach denen man den Kapitän auf See absetzen und in Handschellen legen konnte? Er mußte sich Rat holen. Die pensionierten Offiziere, diese verständigen, befehlsgewohnten Männer, waren genau die richtigen. Er würde sie suchen und alles erklären, dann würden sie schon wissen, was zu tun war. Es mußten wohl Berichte geschrieben, Maßnahmen getroffen werden. Und wo? Beim ersten erreichbaren britischen Konsulat, Port Said vermutlich; oder wartete man lieber bis zu einem Hafen im britischen Hoheitsgebiet? Die alten Krieger würden das alles wissen.

Inzwischen war Margaret, die nette Krankenschwester, mit dem Toten beschäftigt. »Der Arme, der Arme«, klagte sie. »Was für schreckliche Wunden! Das ist kein Tod ›aus natürlicher Ursache‹.«

»Das hat der Kapitän gesagt«, das war eine neue Stimme, wohl der Schiffsarzt. »Er hat zu befehlen. Auf dem Schiff tut sich vieles, das ich nicht billige. Da gibts nur eins, mein Fräulein –, nicht sehen, nicht hören, nicht reden.«

»Aber der Ärmste. Er muß schrecklich gelitten haben.«

»Natürliche Ursache«, sagte der Arzt. Dann war alles still. Mr. Pinfold zog die bequemen Stiefel aus und die Halbschuhe an. Seine Stöcke verstaute er im Kleiderschrank. »Die brauche ich nicht mehr«, dachte er und ahnte nicht, was er in den nächsten Tagen erleben würde. Mit rüstigen Schritten stieg er an Deck.

Dort war niemand zu sehen außer zwei Matrosen, die ein Rettungsboot frisch anstrichen. Es war halb vier Uhr nachmittags, die Passagiere alle in ihren Kabinen. Mr. Pinfolds Seele sang und jubilierte wie die Lerche, die sich über einem Schlachtfeld aufschwingt. Seine Beine waren wieder gesund, er konnte wieder laufen! Er umrundete das Deck ein ums andere Mal. Hier draußen im Sonnenschein konnte man sich fast nicht vorstellen, was für abscheuliche Verbrechen hinter den geschlossenen Türen vor sich gingen. Oder hatte er sich getäuscht? Er hatte Goneril nie zu Gesicht bekommen, die Stimme des Kapitäns war ihm so wenig vertraut, konnte er ihn wirklich daran identifizieren? Hatte er vielleicht ein Theaterstück mitangehört, eine Scharade dieser munteren jungen Leute? Oder eine Radiosendung aus London?

Oder war das nur Wunschdenken, die Wirkung von Sonnenschein und frischer Seeluft und das Glücksgefühl eines plötzlich Geheilten?

Die Zeit würde es ans Licht bringen.

Die Halunken

An diesem Abend fühlte Mr. Pinfold sich so frisch und heiter, so klar im Kopf wie seit Wochen nicht. Seine Hände, die tagelang ein dunkelroter Ausschlag bedeckt hatte, waren wieder in Ordnung; sein Gesicht im Spiegel war nicht mehr so verquollen und verfärbt. Er kleidete sich sorgfältiger als sonst, und noch während er damit beschäftigt war, schaltete sich das Radio in seiner Kabine wieder ein.

»Hier ist BBC, Drittes Programm. Es spricht Mr. Clutton-Cornforth über Theologische Aspekte in zeitgenössischen Schriften.«

Diesen Clutton-Cornforth kannte er seit dreißig Jahren. Jemand, der sich immer anpaßte, ehrgeizig, zur Zeit Herausgeber einer literarischen Zeitschrift. Auf seine Meinung legte Mr. Pinfold nicht den geringsten Wert. Schade, daß man nicht abschalten konnte. Mr. Pinfold hörte einfach nicht hin, aber gerade als er fertig war und nach oben gehen wollte, fiel sein eigener Name.

»Gilbert Pinfold«, sagte die Stimme, »ist ein diametral anderer Fall, oder richtiger, derselbe Fall in diametral entgegengesetzter Form. Die Elemente, die Pinfolds Romanen zugrunde liegen, ändern sich selten und können wie folgt beschrieben werden: eine konventionelle Story, wenig überzeugende Charaktere, klebrige Sentimentalität, plumpe, abgedroschene Farce im Wechsel mit plumper, abgedroschener Melodramatik; eine überladene Religiosität, die der Leser blasphemisch oder nur ärgerlich finden wird, je nachdem, ob er des Autors dogmatische

Vorurteile teilt oder ablehnt; hinzu kommen freizügige erotische Szenen, die wohl hauptsächlich aus kommerziellen Überlegungen geschrieben werden. Und das alles in einem Stil, den man nur als trivial bezeichnen kann und der auf jede Verfeinerung verzichtet.«

Eigentlich, dachte Mr. Pinfold, klang das gar nicht wie das Dritte Programm, und es sah auch Algernon Clutton-Cornforth gar nicht ähnlich. »Unverschämt«, dachte er. »Der kriegt von mir einen Tritt in den Hintern, wenn ich ihn das nächste Mal in der Stadtbibliothek treffe.«

»In der Tat«, fuhr Clutton-Cornforth fort, »wenn es darum geht – und die Frage *wird* häufig gestellt –, einen einzelnen Namen zu nennen, der für den Niedergang der zeitgenössischen Literatur typisch ist, dann nenne man ohne Zögern Gilbert Pinfold. Als nächstes wenden wir uns einem ebenso bedauerlichen, aber vielleicht interessanteren Beispiel zu, dem Autor Roger Stillingfleet ...«

Hier wurde der Vortrag durch ein Knistern im Apparat unterbrochen, und eine Schlagersängerin sang:

»Und Gilbert, der Filbert,
Der ist so blasiert,
Wenn um Piccadilly
Er herumspaziert ...«

Mr. Pinfold verließ seine Kabine. Er traf den Steward auf dessen Rundgang mit dem Dinner-Gong und stieg zum Hauptdeck hinauf. Er lehnte sich gegen die Reling, spürte den Wind und beobachtete die Lichter, die auf dem Wasser tanzten. Die Musik fing wieder an. Sie kam von irgendwoher ganz aus seiner Nähe:

»Denn Gilbert, der Filbert,
Der ist ja so blasiert ...«

Sicher konnten alle auf dem Schiff Radio hören. Alle hatten wohl Clutton-Cornforths Schmährede gehört. Na, und? Er konnte Kritik ertragen (nur nicht gerade von Clutton-Cornforth!). Hoffentlich wurde er nicht noch beim Essen darauf angesprochen. Die Norwegerin – das hätte ihm gerade noch gefehlt!

Was den Kapitän betraf, so hatte Mr. Pinfolds Empörung sich im Lauf des Nachmittags ein wenig gelegt. Ob er einen Mord begangen hatte oder nicht, ließ sich im Moment nicht entscheiden; aber die Tatsache, daß er unter dem Verdacht stand und Mr. Pinfold um das Geheimnis wußte, das ihn möglicherweise ruinieren konnte, belastete die Loyalität, die sie vorher miteinander verbunden hatte. Mr. Pinfold war in der Stimmung, den Kapitän ein wenig in die Ecke zu treiben. Also brachte er beim Essen, nachdem er sich eine halbe Flasche Sekt bestellt hatte, die Rede auf Mordfälle.

»Haben Sie jemals einen Mörder zu Gesicht bekommen?« fragte er Glover.

Glover bejahte. Auf seiner Teeplantage hatte ein Vorarbeiter seine Frau in Stücke gehauen.

»Sicher jemand, der immer lächelte?«

»Ja, das stimmt. Ein vergnügter Bursche. Auf dem Weg zum Galgen mußte er immer noch lachen, als wäre das bloß ein Witz.«

»Genau.«

Mr. Pinfold starrte den Kapitän an, der höflich lächelte. Waren da Anzeichen von schlechtem Gewissen in diesem offenen, glatten Gesicht? »Kennen *Sie* einen Mörder, Kapitän Steerforth?«

Ja, auf seinem ersten Schiff hatte Kapitän Steerforth miterlebt, wie ein Heizer einen anderen mit der Kohlenschaufel erschlagen hatte. Vor Gericht wurde dann Unzurechnungsfähigkeit festgestellt, als Folge der Hitze im Kesselraum.

»In meiner Heimat im Wald, im langen Winter, sind Männer oft betrunken und streiten. Dann gibt es oft Tote. Wir hängen niemanden dafür. Wir sehen das als Krankheit an.« Das war natürlich der Norweger.

»Ich glaube, wenn jemand mordet, ist er immer verrückt«, sagte Scarfield.

»Und lächelt immer«, setzte Mr. Pinfold hinzu. »Daran erkennt man sie – an ihrer unerschütterlichen guten Laune.«

»Der Heizer war aber kein fröhlicher Mensch, eher mürrisch.«

»Ja, aber verrückt war er gewiß auch.«

»Mein Gott«, sagte Mrs. Scarfield, »was für ein makabres Gesprächsthema. Wie sind wir eigentlich darauf gekommen?«

»Nicht halb so makaber wie Clutton-Cornforth«, stichelte Mr. Pinfold.

»Wer?« wollte Mrs. Scarfield wissen.

»Was ist das?« fragte die Norwegerin.

Mr. Pinfold blickte von einem Gesicht zum anderen. Keiner hatte offenbar den Vortrag gehört.

»Ach«, sagte er, »wenn Sie ihn nicht kennen, um so besser.«

»O bitte, erzählen Sie doch«, sagte Mrs. Scarfield.

»Ach nein, es ist wirklich ganz unwichtig.«

Enttäuscht zuckte sie die Achseln und wandte ihr hübsches Gesicht dem Kapitän zu.

Ein wenig später versuchte Mr. Pinfold das Gespräch auf Bestattungen auf hoher See zu bringen, aber niemand konnte sich dafür erwärmen. Den halben Nachmittag hatte Mr. Pinfold sich schon darüber Gedanken gemacht. Glover hatte gemeint, die Stewards kämen von Trawankur; wenn dies zutraf, dann waren sie vielleicht Christen, es gab ja uralte christliche Kirchen innerhalb dieser vielfältigen Kultur. Sie würden auf einem Ritual bestehen, und der Kapitän konnte keinesfalls die Leiche einfach heimlich über Bord werfen lassen. Auf einem Truppentransporter hatte Mr. Pinfold einmal miterlebt, wie jemand, der sich das Leben genommen hatte, der See übergeben worden war. Das war keine schnelle Angelegenheit. Das Schiff hatte beigedreht, und man hatte das Hornsignal zum Zapfenstreich geblasen. Auf der ›Caliban‹ war das Achterdeck der einzige geeignete Ort für eine solche Zeremonie, den wollte Mr. Pinfold im Auge behalten. Wenn dort in der Nacht alles ruhig blieb, war Kapitän Steerforths Unschuld erwiesen.

Den Abend verbrachte der Kapitän, genau wie den Abend vorher, beim Bridge. Er lächelte meistens, er hatte wohl gute Karten. Um halb elf wurde die Bar geschlossen, denn auf der ›Caliban‹ gab es kein Nachtleben. Aschenbecher wurden eingesammelt, Lichter gelöscht, die Passagiere zogen sich einer nach dem anderen zurück. Mr. Pinfold blickte dem letzten nach und schlich sich zum Achterdeck. Aber die Nacht war kalt, er mußte sich aus seiner Kabine einen Mantel holen. Dort unten war es warm und behaglich, und er sagte sich, daß er ebensogut hier seine Nachtwache halten konnte. Wenn die Schiffsmotoren gestoppt wurden, dann galt es aufzupassen. Die letzten Nebelschleier von seinem Schlafmittel hatten sich verzogen, er war hellwach.

Er legte sich in Kleidern aufs Bett und nahm einen Roman zur Hand. Kein Laut kam aus der Decke, die Maschinen dröhnten im immer gleichen Rhythmus, das Holzwerk knirschte und knarrte, der Ventilator summte vor sich hin. So verging die Zeit.

In dieser Nacht gab es auf der ›Caliban‹ keine Bestattungszeremonie, keine Totenklage. Statt dessen spielte sich auf dem Unterdeck, direkt vor seinem Fenster, ein Drama ab, das fünf Stunden dauerte – oder sechs? Mr. Pinfold wußte nicht mehr, wann es begonnen hatte – und bei dem er der einzige Ohrenzeuge war. Hätte er es auf der Bühne eines Londoner Theaters gesehen, hätte er es wohl für eine Farce gehalten.

Es gab zwei jugendliche Hauptdarsteller; einer hieß Fosker,

der andere, der Anführer, hatte keinen Namen. Sie waren schon bei ihrem ersten Auftritt betrunken und sprachen weiter einer Flasche zu, die sie bei sich hatten; in den langen Nachtstunden wurden sie keinen Augenblick nüchtern. Sie waren über irgend etwas aufgebracht und steigerten sich allmählich in eine sinnlose Wut hinein. Ihrer Aussprache nach waren sie nicht ungebildet. Fosker, das wußte Mr. Pinfold, gehörte zur Jazzkapelle; er hatte ihn am Abend im Salon gesehen, wie er die Damen amüsierte, ein großer, schlanker, schäbiger, zwielichtiger, selbstsicherer Emporkömmling, mit zu langem Haar, einem Schnurrbart und Koteletten. Er erinnerte an die verbummelten Jurastudenten oder die kleinen Angestellten aus Dickens' Romanen, oder auch an einzelne junge Männer, die im Kriege Mr. Pinfolds Weg gekreuzt hatten, Subalterne, die keiner im Regiment sonderlich schätzte und die schleunigst auf irgendein Abstellgleis geschoben wurden. Wenn man es genau betrachtete, war es doch seltsam, daß Mr. Pinfold nach einem einzigen Blick auf Fosker eine so umfassende Vorstellung von seinem Charakter hatte. Und wie kam Fosker hier auf dieses Schiff in eine Gesellschaft, zu der er so wenig paßte?

Wie auch immer, Mr. Pinfold sah ihn gestochen scharf vor sich. Der andere, der Anführer, hatte nur eine Stimme, eine kultivierte, nicht unangenehme Stimme, obschon er die scheußlichsten Gemeinheiten äußerte.

»Er ist schon im Bett«, sagte Fosker.

»Wir werden ihn uns holen«, erwiderte die kultivierte Stimme.

»Musik!«

»Musik.«

»Denn Gilbert, der Filbert,
Der ist so blasiert,
Wenn um Piccadilly

Er herumspaziert.
Da schauen die Mädchen
Heraus aus den Lädchen
Nach Gilbert, dem Filbert ...«

»Los, Gilbert, komm aus deiner Hütte!«

Unverschämtheit, dachte Mr. Pinfold. Verdammte Flegel, diese Halunken.

»Das findet er wohl nicht lustig.«

»Er hat einen ganz eigenen Sinn für Humor. Er ist ein ganz seltsamer Mensch. Ziemlich seltsam, nicht wahr, Gilbert? Komm heraus, du alte Schwuchtel!«

Mr. Pinfold ließ den Rolladen herunter, aber der Lärm ging unvermindert weiter.

»Er denkt, er kann uns aussperren. Das hilft dir nicht, Gilbert. Wir klettern nicht durchs Fenster, wir kommen durch die Tür, und dann, bei Gott, gibt's keine Gnade. Jetzt hat er die Tür verriegelt.« Mr. Pinfold hatte nichts dergleichen getan. »Feige ist er auch noch. Sperrt sich ein. Gilbert hat Angst vor Schlägen.«

»Er kriegt die Peitsche.«

»Ja, ja, die Peitsche!«

Jetzt beschloß Mr. Pinfold zu handeln. Er zog einen Morgenrock an, griff sich den Knotenstock und ging aus der Tür. Den Korridor hinunter ging es zum Deck, aber die Stimmen kamen hinter ihm her. Foskers Typ kannte er, den aggressiven Emporkömmling, der sich Mut anzutrinken pflegt, mit dem wurde man leicht fertig. Er stemmte sich gegen die schwere Tür und ging entschlossen hinaus in den Wind. Das Deck war vollkommen leer. Die nassen Planken spiegelten das Laternenlicht. Über ihm erscholl johlendes Gelächter.

»Nein, nein, Gilbert, so erwischst du uns nicht. Geh zurück in deine Hütte. Wir holen dich, wann wir wollen. Schließ lieber die Tür ab.«

Mr. Pinfold kehrte in seine Kabine zurück, aber er schloß sich nicht ein. Mit dem Knüppel in der Hand saß er da und lauschte.

Die zwei Halunken berieten sich.

»Wir warten, bis er einschläft.«

»Dann holen wir ihn uns.«

»Er ist aber gar nicht schläfrig.«

»Die Mädchen sollen ihm ein Schlaflied singen. Los, Margaret, fang an.«

»Ihr seid widerlich.« Die Mädchenstimme war hell und rein.

»Ach nicht doch, es ist ja alles nur Spaß. Gilbert, der versteht Spaß, genauso wie wir. Als er so alt war wie wir, hat er das oft mitgemacht – Katzenmusik unter dem Fenster von irgendeinem Studenten in Oxford. Vor den Räumen des Dekans hat er auch Lärm geschlagen, deshalb haben sie ihn relegiert. Über den Dekan hat er schamlose Dinge verbreitet. Ein Riesenspaß war das.«

»Nun, wenn ihr meint, daß es ihm nichts ausmacht ...«

Die Mädchenstimmen, es waren jetzt zwei, sangen glockenhell:

»Ach, Mary, ich schenkte
Dir einmal mein Herz,
Doch du hast viel lieber
Gold, Perlen und Nerz.
Du liebst nur das Laster,
Du willst nur den Zaster,
Du kannst die Zechinen
Bei mir dir verdienen ...«

Das Lied, das noch anzüglicher weiterging, war Mr. Pinfold wohlvertraut. Durch die lieblichen Stimmen klang es rein und süß über die nächtliche See. Sie sangen noch manches andere, sie sangen die ganze Nacht trotz aller Störungen, die noch kommen sollten, aber sie schläferten Mr. Pinfold nicht ein. Er saß hellwach da, den Stock griffbereit, auf alle möglichen Eindringlinge gefaßt.

Nach einer Weile kam der Vater des namenlosen jungen Mannes hinzu. Wie sich herausstellte, war er einer der beiden Generale.

»Geht ins Bett, ihr beiden. Ihr macht einen höllischen Radau.«

»Wir wollen nur Pinfold ärgern, dieses Ekel.«

»Deshalb braucht ihr nicht das ganze Schiff aufzuwecken.«

»Er ist ein Jude.«

»Ist das wahr? Nie davon gehört.«

»Doch, doch. Er kam 1937 nach Lychpole, mit den Flüchtlingen aus Deutschland. Er heißt in Wirklichkeit Peinfeld.«

»Wir wollen Peinfelds Blut sehen«, sagte die kultivierte Stimme. »Wir wollen ihn zusammenschlagen.«

»Sie haben doch nichts dagegen, Sir, daß wir ihn zusammenschlagen?« rief Fosker aus.

»Was habt ihr gegen den Mann vorzubringen?«

»Er hat ein Dutzend Paar Schuhe in seiner Hütte, alle schön geputzt.«

»Er sitzt am Kapitänstisch.«

»Er hat das einzige Badezimmer auf dem Flur mit Beschlag belegt. Ich wollte ein Bad nehmen, da kam der Steward und sagte ›reserviert für Mr. Pinfold‹.«

»Peinfeld.«

»Ich hasse, hasse, hasse, hasse, hasse ihn!« schrie Fosker. »Er soll mir büßen für das, was er Hill angetan hat.«

»Hill, der Farmer, der sich erschossen hat?«

»Hill war ein anständiger, vaterlandsliebender Bauer. Treu wie Gold. Dann kam dieser dreckige Jude und kaufte den Boden auf, den die Hills seit Jahrhunderten bestellt hatten. Er wurde einfach vertrieben. Deshalb hat er sich aufgehängt.«

»Na gut«, sagte der General. »Trotzdem würde ich hier nicht so laut herumschreien.«

»Der kann was erleben. Wir hauen ihn so durch, daß er es niemals vergißt.«

»Ja, das könnte man natürlich.«

»Überlassen Sie ihn uns.«

»Ich möchte auf keinen Fall Zeuge davon sein. Der ist imstande und beschwert sich noch bei Gericht.«

»Das wäre ihm viel zu peinlich. Stellt euch die Schlagzeilen vor: ›Bekannter Autor auf Dampfer verprügelt‹.«

»Das macht ihm bestimmt nichts aus. Solche Typen leben ja vom Skandal.« Dann schlug der alte Haudegen einen sentimentalen Ton an: »Trotzdem, ich wünschte, ich wäre jung genug für so einen Spaß. Gebt es ihm tüchtig! Aber denkt daran, falls es Ärger gibt, *ich* weiß von nichts.«

Die Mädchen sangen, die Jünglinge tranken. Dann kam noch die Mutter hinzu. Sie sprach in so schmachtendem Ton, wie Mr. Pinfold ihn von seinen frömmelnden Tanten noch im Ohr hatte.

»Ich kann nicht schlafen«, beschwerte sie sich. »Ihr wißt doch, daß ich nicht schlafen kann, wenn ihr euch betrinkt. Lieber Sohn, bitte geh zu Bett. Mr. Fosker, warum führen Sie ihn immer auf Abwege? Margaret, mein Liebling, was tust du hier mitten in der Nacht? Bitte geh in deine Kabine, Kind.«

»Wir machen nur Spaß, Mama.«

»Ich bezweifle, daß Mr. Pinfold solche Späße schätzt.«

»Ich hasse ihn«, sagte der Sohn.

»Haß?« sagte die Mutter, »Haß? Warum müßt ihr jungen Leute immer gleich *hassen.* Was ist bloß aus der Menschheit geworden. Ich habe euch nicht zum *Hassen* erzogen. Warum haßt ihr Mr. Pinfold so sehr?«

»Ich muß mir mit Fosker eine Kabine teilen, und das Schwein hat eine für sich allein.«

»Die hat er wohl bezahlt.«

»Ja, mit dem Geld, das er Hill abgeknöpft hat.«

»Gewiß, gewiß hat er Hill nicht anständig behandelt. Er gehört nun mal nicht zum Landadel. Er hat uns nie eingeladen, obwohl er in der Nachbarschaft wohnt. Vielleicht sieht er auf uns alle herab, wir sind ja nicht so gebildet oder so reich wie er. Aber das ist doch kein Grund, ihn zu *hassen*.«

Daraufhin brachen Fosker und der Sohn in so wüste Beschimpfungen aus, daß sie von den anderen allein gelassen wurden. Bisher waren sie noch ganz lustig gewesen, jetzt aber waren sie wie besessen, wütend und obszön. Zwar ging es immer noch um Hill, seine Vertreibung und seinen Selbstmord, aber außerdem erhoben sie noch andere Beschuldigungen. Sie sagten, daß Mr. Pinfold seine Mutter in bitterer Armut hätte sterben lassen. Er schämte sich, weil sie eine ungebildete Immigrantin war; er hätte sich geweigert, sie zu besuchen oder zu unterstützen; er hätte sie einsam sterben lassen und sich nicht einmal um die Beerdigung gekümmert. Im Krieg hätte er sich gedrückt, wo er konnte. Er hätte die Gelegenheit genutzt, seinen Namen abzuändern und sich als Engländer auszugeben, sich bei Leuten einzuschmeicheln, die nichts von seiner Herkunft wußten, und sich in Bellamy's Club hineinzudrängen. Mr. Pinfold wäre sogar in einen Diamantendiebstahl verwikkelt. Er hätte sich mit viel Geld das Recht erkauft, am Kapitänstisch zu essen. Mr. Pinfold verkörperte den Niedergang Englands, besonders des althergebrachten ländlichen Englands. Er wäre ebenso verderblich (auf diese Analogie verfielen nicht sie, sondern Mr. Pinfold selbst) wie der »Neue Mensch« der Renaissance, der die Kirche und das Bauerntum geschwächt und ausgeplündert hatte. Mr. Pinfolds Übertritt zur Katholischen Kirche wäre nichts als Hochstapelei, mit der er sich Zugang zu Adelskreisen zu verschaffen suchte. Er wäre homosexuell. Er müßte gezüchtigt und bestraft werden.

Im Lauf der Nacht wurden die Anklagen immer maßloser und die Drohungen immer blutrünstiger. Die beiden Tobsüchtigen stachelten sich gegenseitig immer mehr an. Mr. Pinfold rechnete mit einem Angriff und traf seine Vorbereitungen. Die Kabine war zu eng, als daß er richtig mit dem Knüppel ausholen konnte. Sie konnten aber durch die Tür nur einzeln hereinkommen, darauf gründete er seinen Schlachtplan. Er löschte das Licht und stellte sich hinter der Türe auf. Wenn sie hereinkamen, konnten sie ihn in der Dunkelheit nicht sehen. Den ersten wollte er mit dem Knotenstock niederschlagen, der zweite würde dann über seinen Freund stolpern und auch hinfallen, dann würde Mr. Pinfold das Licht anmachen und mit dem Rohrstock beide ordentlich durchprügeln. Wirklich gefährlich waren sie nicht in ihrem betrunkenen Zustand, am günstigen Ausgang der Schlacht war kein Zweifel. Er konnte sie ganz ruhig erwarten.

Die Kampfesbeschwörung draußen erreichte ihren Höhepunkt.

»Jetzt tun wir's. Alles klar, Fosker?«

»Klar.«

»Los dann.«

»Du zuerst, Fosker.«

Mr. Pinfold straffte sich. Er fand es gut, daß Fosker derjenige sein würde, der relativ schmerzlos in die Ohnmacht befördert wurde; der Anführer würde mehr von der Strafe zu spüren bekommen. Das war eine gerechte Verteilung.

Aber es kam ganz anders. »Ich kann nicht rein«, rief Fosker, »das Schwein hat die Tür verschlossen.«

Mr. Pinfold hatte keineswegs abgeschlossen. Außerdem hatte Fosker es überhaupt nicht probiert. Die Klinke hatte sich nicht bewegt. Fosker hatte ganz einfach Angst.

»Los, mach. Worauf wartest du noch?«

»Ich sag dir doch, er hat uns ausgesperrt.«

»Das war's dann.«

Ernüchtert und enttäuscht schlichen die beiden auf das Deck zurück.

»Aber wir müssen ihn kriegen. Heute nacht muß es passieren«, sagte der, der nicht Fosker war. Niedergeschlagen setzte er hinzu: »Mir ist scheußlich übel.«

»Dann verschieben wir es für diesmal.«

»Oh, wie ist mir schlecht.«

Gespenstisches Röcheln, wie wenn jemand sich übergibt, dann kam ein Winseln, wieder derselbe elende Laut, der zur ›Caliban‹ zu gehören schien, das Jammern des verletzten Matrosen und des gefolterten Stewards.

Jetzt war die Mutter wieder da und tröstete ihn.

»Ich war noch nicht zu Bett, mein Kind. Es ließ mir keine Ruhe, ich mußte wachen und beten für dich. Jetzt bist du wohl bereit zu kommen?«

»Ja, Mutter, ich bin bereit.«

»Ich liebe dich so sehr. Lieben heißt leiden.«

Dann war es totenstill. Mr. Pinfold legte seine Waffen beiseite und zog den Fensterladen auf. Der Morgen dämmerte schon. Er warf sich auf sein Bett. Sein Zorn war verflogen, er war hellwach und ließ die Ereignisse der Nacht noch einmal an sich vorbeiziehen.

Ein Seemannsbegräbnis hatte es nicht gegeben, soviel war sicher. Was den Kapitän und Goneril und den Totschlag betraf, so waren diese Vorfälle im Augenblick nicht so wichtig wie dieser ungeheuerliche Anschlag gegen ihn selbst. Mr. Pinfold begann, die gegen ihn erhobenen Beschuldigungen zu ordnen und zu prüfen. Einiges davon – daß er Jude sei, oder homosexuell, daß er Diamanten gestohlen oder seine Mutter arm und elend habe sterben lassen – war selbstverständlich völlig aus der Luft gegriffen. Andere Vorwürfe waren in sich widersprüchlich: Wenn er zum Beispiel erst vor kurzem eingewandert war, konnte er nicht gut ein randalierender Student in Oxford gewesen sein; oder wenn ihm so viel daran gelegen war, als Landedelmann aufzutreten, dann hätte er wohl nicht so viel Abstand zu den Nachbarn gehalten. Die beiden Betrunkenen hatten in ihrer Wut einfach jede Verleumdung herausgebrüllt, die ihnen gerade in den Sinn kam, aber man konnte den chaotischen Beschimpfungen doch einige Tatsachen entnehmen; nämlich, daß er bei den Mitreisenden auf der ›Caliban‹ ziemlich unbeliebt war, daß ihn zwei von ihnen sogar fanatisch haßten, und daß diese beiden erstaunlich gut in seinen Privatangelegenheiten Bescheid wußten. Wer hatte ihnen, wenn auch völlig falsch, von der Auseinandersetzung mit Hill erzählt (der ja übrigens noch vor wenigen Tagen gesund und munter gewesen war)? Offenbar kamen die beiden aus seiner Gegend. Vielleicht hatte Hill, während er sich bei seinen Freunden im Wirtshaus mit seiner Geschäftstüchtigkeit brüstete, woanders erzählt, daß er übers Ohr gehauen worden sei. Wenn es so war, so mußte Mr. Pinfold solchen Gerüchten entgegentreten, wenn er nach Hause kam.

Aber solange er auf dem Schiff war, mußte Mr. Pinfold vor allem an sich selbst denken. Schließlich wollte er schreiben, und dazu brauchte er Ruhe. Diese schrecklichen Halbstarken konnten jederzeit, wenn sie betrunken waren, wieder vor seiner Kabine randalieren, sie könnten ihn sogar überraschen und angreifen. Das konnte schmerzliche und erniedrigende Folgen haben. Überall in der Welt war die Presse auf Sensationen aus. Man mußte sich nur vorstellen, seine Frau nähme beim Frühstück ihre Zeitung zur Hand und fände eine Meldung über eine Schlägerei, in die er verwickelt war!

Nein, es mußte etwas geschehen. Sollte er sich beim Kapitän beschweren, dem Vertreter der Justiz auf seinem Schiff? Aber nein, jetzt fiel ihm wieder ein, welche Schuld Kapitän Steerforth auf sich geladen hatte, er wollte ihn ja bei der ersten sich bietenden Gelegenheit den Behörden übergeben. Dessen schwarze Seele wäre natürlich hochbeglückt, wenn Mr. Pinfold in eine

Schlägerei geriete, vielleicht auf diese Weise für immer zum Schweigen gebracht wurde. Noch ein Verdacht meldete sich: bei Tisch hatte Mr. Pinfold durch sehr unbedachte Äußerungen angedeutet, was er wußte. Hatte vielleicht Kapitän Steerforth den nächtlichen Angriff inszeniert? Woher, wenn nicht von ihm, hatten die jugendlichen Trunkenbolde ihre Flaschen bekommen, nachdem die Bar geschlossen war?

Mr. Pinfold begann sich zu rasieren. Diese Alltagsbeschäftigung wirkte ernüchternd auf seine Gedanken. Es war ja noch gar nicht bewiesen, daß der Kapitän schuldig war. Eins nach dem anderen, erst kamen die Rabauken dran. Zuerst suchte er in der Passagierliste nach dem Namen Fosker, aber ohne Erfolg. Mr. Pinfold selbst war nach Amerika immer inkognito gereist, um den Reportern zu entgehen. Es schien unwahrscheinlich, daß Fosker dasselbe Motiv hatte. Vielleicht war die Polizei hinter ihm her. Der andere war scheinbar ehrlicher. Vier Menschen mit dem gleichen Namen mußten leicht zu finden sein. Allerdings stand keine Familie mit Vater, Mutter, Sohn und Tochter auf der Liste.

Mr. Pinfold seifte sich zum zweiten Mal ein und dachte nach. Vier Personen auf einmal waren wohl kaum in letzter Minute auf das Schiff gekommen. Leute, die derart spontan auf eine Reise gingen, würden wohl eher fliegen, und der andere General gehörte ja auch irgendwie zu ihnen. Mr. Pinfold starrte eine Weile sein seifenschaumbedecktes Gesicht im Spiegel an, dann dämmerte es ihm: Stiefvater, das war's. Er und die Mutter trugen einen anderen Namen als die Kinder. Wenn er Augen und Ohren offenhielt, sollte es ein leichtes sein, sie zu entdecken.

Heute kleidete er sich mit Sorgfalt an. Er wählte die Krawatte seines Regiments und eine Tweedmütze, die zu seinem Anzug paßte. An Deck waren die Matrosen noch beim Saubermachen, aber die Spuren der ekelhaften nächtlichen Vorgänge hatten sie wohl schon beseitigt. Er stieg zum Hauptdeck empor. Es war ein schöner Morgen, der ihn zu anderer Zeit froh gestimmt hätte; sogar jetzt, trotz all der fortwährenden Belästigungen, spürte er Erleichterung. Er stand allein an der Reling, atmete tief ein und versuchte, alle Ärgernisse zu vergessen.

Dicht neben sich hörte er Margaret sagen: »Seht mal, er ist heraufgekommen. Sieht er heute nicht chic aus? Jetzt sollten wir ihm die Geschenke aushändigen, anstatt sie seinem Steward zu geben. Wir bauen sie selbst auf.«

»Ob sie ihm gefallen?« fragte das andere Mädchen.

»Das sollten sie. Wir haben uns so viel Mühe damit gegeben. Sie sind das Schönste, was wir finden konnten.«

»Aber Meg, er ist doch darüber hoch *erhaben.*«

»Deswegen wird er sie mögen. Große Menschen haben viel Sinn für die *kleinen* Dinge des Lebens. Heute hat er die Geschenke *verdient.* Nachdem die Jungen ihm letzte Nacht so übel mitgespielt haben, wollen wir ihm zeigen, daß *wir* keinen Anteil daran haben, oder höchstens einen anderen. Er wird schon einsehen, daß es uns um Liebe geht.«

»Und wenn er kommt und uns findet?«

»Du *versteckst* dich, und wenn er hinuntergeht, singst du.«

»Was denn? Etwa ›Ach Mary‹?«

»Natürlich, das ist ja *unser* Lied.«

Mr. Pinfold hätte Margaret gern in seiner Kabine ertappt. Wie fast alle Männer, hörte er es nicht ungern, wenn Frauen ihn attraktiv fanden; schade, daß die Anlässe in den letzten Jahren so selten geworden waren. Außerdem war er gespannt, wie das Mädchen mit der süßen Stimme aussah. Aber er hoffte auch, durch sie dem Bruder und Fosker auf die Spur zu kommen, deshalb hielt er sich zurück. Die Geschenke, was immer es sein mochte, waren ein Friedensangebot, das wollte er nicht zu seinem Vorteil ausnützen.

Nach wenigen Minuten war Margaret zurück.

»Er steht ja immer noch da.«

»Ja, er hat sich nicht von der Stelle gerührt. Worüber denkt er wohl nach?«

»Vermutlich über diese gemeinen Flegel.«

»Nimmt er es sich sehr zu Herzen?«

»Er trägt es so tapfer.«

»Die Tapfersten sind manchmal am leichtesten zu verletzen.«

»Ach, alles wird wieder gut, wenn er in seine Kabine kommt und die Geschenke findet.«

Über eine Stunde spazierte Mr. Pinfold auf dem Deck auf und ab, auf dem außer ihm niemand zu sehen war.

Als der Gong zum Frühstück ertönte, ging er nach unten. Als erstes schaute er in seiner Kabine nach den Geschenken, die Margaret gebracht hatte, aber da war nur die kalt gewordene Tasse Tee, die der Steward wie üblich hingestellt hatte. Das Bett war gemacht, alles aufgeräumt und ordentlich. Keine Geschenke.

Beim Hinausgehen traf er den Kabinensteward.

»Sagen Sie, hat nicht eine junge Dame etwas für mich in die Kabine gebracht?«

»Ja, Sir. Frühstück jetzt, Sir.«

»Nein, hören Sie doch zu. Es muß etwas für mich gebracht worden sein, vor einer Stunde etwa.«

»Ja, Sir. Gong jetzt für Frühstück.«

»Wie schade«, sagte Margaret, »er hat es nicht gefunden.«

»Er muß eben *suchen*.«

»*Suchen*, Gilbert, *suchen*!«

Er durchsuchte den Kleiderschrank, kroch unters Bett, öffnete das Schränkchen über dem Waschbecken. Nichts zu finden.

»Nichts zu finden«, sagte Margaret. »Er findet es nicht. Der liebe alte Dummkopf, er findet überhaupt nichts.«

Also ging er allein zum Frühstück.

Er war der erste im Speisesaal. Er hatte Hunger und bestellte Kaffee, dazu Fisch und Rührei und frisches Obst. Gerade als er nach der Gabel griff, machte es »Ping«; das Tischlämpchen mit dem rosa Schirm wurde als Lautsprecher angeschaltet. Die beiden Halunken von letzter Nacht waren aufgewacht und sendeten wieder.

»Halali, halali, halali, halali«, riefen sie. »Hussa, hussa, hussa, heh, da drinnen. Holt ihn raus. Heda.«

»Bedauerlicherweise beherrscht Fosker die jagdlichen Ausdrücke nur unvollständig«, sagte der General.

»Hussa, hussa, komm heraus, Peinfeld. Wir wissen, wo du steckst, wir kriegen dich.« Ein Peitschenknall. »Au, paß doch auf, wo du hinschlägst!«

»Lauf, Peinfeld, lauf. Wir sehen dich schon. Gleich haben wir dich.«

In diesem Moment glitt der Steward an Mr. Pinfolds Seite, um den Schellfisch zu servieren. Das Geschrei, das aus der Lampe drang, bemerkte er anscheinend nicht; für ihn gehörte es wohl, wie alle die Messer und Gabeln und der Überfluß an ungenießbarer Nahrung, zu dem komplizierten, unverständlichen Leben der Europäer, das ihn nicht interessierte.

Mr. Pinfold aß unbeirrt weiter. Die wüsten Reden der letzten Nacht mit den absurden Beschuldigungen wiederholten sich, dazwischen forderte man ihn heraus: »Komm doch heraus, Gilbert. Du hast Angst, nicht wahr, Peinfeld? Du versteckst dich vor uns, du traust dich nicht heraus.«

Jetzt mischte sich Margaret ein: »Oh, Gilbert, was machen sie mit dir? Wo bist du? Sie dürfen dich nicht finden. Komm zu mir, ich werde dich verbergen. Deine Geschenke hast du nicht gefunden, und sie sind wieder hinter dir her. Laß mich für dich sorgen, Gilbert. Ich bin es, Mimi. Hast du denn kein Vertrauen zu mir?«

Mr. Pinfold stocherte in seinem Rührei. Als er es bestellte, hatte er ganz vergessen, daß es an Bord keine frischen Eier gab. Er winkte dem Steward, den Teller abzuräumen.

»Schmeckt's dir nicht, Gilbert? Ja, du sitzt in der Patsche, da leidet der Appetit. Armer Gilbert, kann vor Angst nichts essen.« Sie gaben ihm Instruktionen, wo er sich mit ihnen treffen sollte. »... Deck D, rechte Seite, kapiert? Wir warten da auf dich. Komm lieber bald und bring es hinter dich. Irgendwann muß es ja sein. Du bist erwischt, Gilbert, es gibt keinen Ausweg. Besser jetzt als später ...«

Nun war Mr. Pinfolds Geduld erschöpft. Er mußte dem Spuk ein Ende machen. In Erinnerung an seine Zeit in der Armee griff er sich die Lampe und sprach militärisch knapp hinein: »Pinfold an Halunken. Treffpunkt großer Salon. Neun Uhr dreißig. Ende.«

Die Lampe vertrug das nicht. Der Kontakt war unterbrochen, die Birne erlosch, und die Stimmen schwiegen. Gerade da kam Glover an den Tisch. »Holla, ist die Lampe kaputt?«

»Ich habe daran gezogen. Hoffentlich haben Sie diese Nacht besser geschlafen?«

»Wie ein Klotz. Und Sie, sind Sie wieder gestört worden?«

Mr. Pinfold überlegte, ob er Glover ins Vertrauen ziehen sollte und entschied sich dagegen.

»Nein«, antwortete er und bestellte noch etwas Schinken.

Der Speisesaal wurde langsam voller, viele Gäste nickten Mr. Pinfold zu. Er ging an Deck, gespannt, ob er die Verfolger dort sehen oder ob Margaret sich ihm zu erkennen geben werde. Aber er sah nur ein paar gesundheitsbewußte junge Frauen in Hosen und Windjacken oder im Tweedrock und dicken Sweater; jede von ihnen konnte Margaret sein, aber keine gab ihm ein Zeichen. Um halb zehn setzte er sich im großen Salon in die Ecke und wartete. Seinen Knotenstock hatte er bei sich; es war zwar schwer vorstellbar, aber nicht ausgeschlossen, daß sie es sogar am hellichten Tage mit Gewalt versuchen würden.

Einstweilen legte er sich das Gespräch zurecht. Er war der Richter und hatte diese Männer hierherzitiert. Die Atmosphäre sollte an eine Regimentsschreibstube erinnern. Er war der dienstälteste Offizier und hatte von einer Schlägerei erfahren. Natürlich war seine Macht begrenzt, er konnte sie nur streng ermahnen und mit den ordentlichen Gerichten drohen.

Er mußte sie daran erinnern, daß die britischen Gesetze auf der ›Caliban‹ ebenso galten wie an Land, und daß üble Nachrede und Körperverletzung Verbrechen darstellten, die ihre ganze Zukunft ruinieren konnten. Eiskalt würde er erklären, daß ihre gute oder schlechte Meinung ihm völlig gleichgültig sei, daß er weder auf ihre Feindschaft noch ihre Freundschaft Wert lege. Selbstverständlich würde er ihnen Gelegenheit geben, sich zu verteidigen. Jeder gute Truppenoffizier weiß, daß unabsehbare Folgen entstehen können, wenn die Mannschaften sich schlecht behandelt fühlen. Die Delinquenten hatten sich offenbar ein völlig falsches Bild von ihm gemacht. Es war am besten, wenn sie ihre Empörung einmal loswurden und ihnen dann der Kopf zurechtgesetzt wurde. Und da außerdem ihr Irrtum auf Gerüchten beruhte, die in Lychpole im Schwange waren, mußten diese auf jeden Fall untersucht und zum Schweigen gebracht werden.

Er befand sich ganz allein im Salon, die Mitreisenden hielten sich wohl an Deck in ihren Liegestühlen auf. Nichts war zu hören als das unermüdliche Pulsieren aus dem Schiffsleib. Die Wanduhr zeigte Viertel vor zehn. Bis zehn Uhr gab er ihnen noch Zeit, dann wollte er zum Funkraum gehen und seiner Frau ein Telegramm schicken. Länger auf diese Rowdys zu warten war wahrhaftig unter seiner Würde.

Aber sie schienen auch ihren Stolz zu haben. Er hörte sie plötzlich darüber diskutieren, ihre Stimmen drangen aus der Wandtäfelung hinter ihm. Erst seine Kabine, dann der Speisesaal, jetzt hier – die gesamte Nachrichtenanlage aus der Kriegszeit funktionierte offenbar noch. Das Kabelsystem des Schiffes mußte dringend überholt werden – wie leicht konnte bei einem Kurzschluß ein Feuer entstehen!

»Wir reden mit Peinfeld, wenn's uns paßt, keine Minute früher.«

»Wer von uns redet?«

»Ich natürlich.«

»Weißt du, was du sagen willst?«

»Natürlich.«

»Dann brauche ich doch eigentlich gar nicht mitzukommen, oder?«

»Vielleicht brauche ich dich als Zeugen.«

»Na ja, dann laß uns gehen.«

»Wenn's *mir* paßt, Fosker, keine Minute früher.«

»Worauf warten wir noch?«

»Er soll erst mal eine Mordsangst kriegen. Weißt du noch, wie sie einen in der Schule auf das Strafgericht warten ließen, bloß damit man noch mehr davon hatte? Peinfeld kann ruhig auf *seine* Prügel warten.«

»Er hat schon die Hosen voll.«

»Er ist halb tot vor Angst.«

Um zehn zog Mr. Pinfold seine Uhr, verglich sie mit der Wanduhr und erhob sich aus seiner Ecke. »Er rennt weg.« »Ja, er haut ab.« »Feigling« tönte es aus der Vertäfelung hinter ihm her. Mr. Pinfold erklomm das Bootsdeck, ging zum Funkraum und setzte sein Telegramm auf: »PINFOLD LYCHPOLE STOP WIEDER GESUND STOP HERZLICHST GILBERT«

»Genügt das als Adresse?« fragte der Funker.

»Ja. Es gibt nur ein Telegrafenamt Lychpole in England.«

Er ging noch eine Weile an Deck spazieren, fand den Knotenstock ziemlich überflüssig und kehrte in seine Kabine zurück, wo eine BBC-Sendung im Gange war. »... als Gäste im Studio Jimmy Lance, unseren Hörern wohlbekannt, sowie Miss June

Cumberleigh, die wir zum erstenmal hier begrüßen. Jimmy wird uns seine einzigartige Briefsammlung vorführen, die alle Briefe enthält, die er jemals bekommen hat. So ist es doch, Jimmy?«

»Na ja, nicht die Briefe vom Finanzamt.«

»Hahaha.«

Wieherndes Gelächter von dem unsichtbaren Publikum.

»Daran werden wir alle nicht gern erinnert, nicht wahr, Jimmy? Haha. Aber Sie haben Briefe von vielen prominenten Leuten gesammelt?«

»Ja, und auch von ein paar Dummköpfen.«

»Haha. – Also, June greift nun einfach auf gut Glück in Ihre Mappe und liest uns was vor. Fertig, June? Los. Der erste Brief ist von ...«

Mr. Pinfold kannte June Cumberleigh und mochte sie. Ein anständiges, intelligentes, vergnügtes Mädchen, das nur durch die Bekanntschaft mit James Lance zum Rundfunk gekommen war. Sie sprach jetzt nicht mit ihrer natürlichen Stimme, sondern irgendwie verzerrt, fast genauso wie Goneril.

»... Gilbert Pinfold«, sagte sie.

»Und zählen Sie ihn zu den Berühmten oder zu den Dummköpfen, Jimmy?«

»Zu den Berühmten.«

»Wirklich?« warf June dazwischen. »Ich finde, er ist schon ein ziemlicher Dummkopf.«

»Na, und was schreibt der Dummkopf?«

»Die Schrift ist so schlecht, ich kann's nicht mal lesen.«

Ausgelassene Heiterkeit bei den Zuhörern.

»Versuchen Sie's noch einmal.«

»Von wem ist denn dieser?«

»Nein, es ist einfach nicht zu glauben. Wieder Gilbert Pinfold.«

»Haha. Hahaha. Haha.«

Mr. Pinfold knallte die Kabinentür von außen zu. James, soviel wußte er, mußte vom Rundfunk leben. Er war ursprünglich ein recht begabter Autor, der sich nun vermarkten ließ. Aber wozu er sich jetzt hergab, das war einfach unterm Strich. Und June? Hatte sie gar kein Gefühl für Anstand mehr?

Mr. Pinfold ging wieder an Deck. Der Gedanke an die Halunken beschäftigte ihn immer noch, in der Sache mußte etwas geschehen. Über Kapitän Steerforth hatte er seine Meinung geändert. Er war sich jetzt sicher, daß viele der Geräusche in seiner Kabine aus dem Radio kamen, und daß die Folterszene Teil eines Hörspiels gewesen war. Die Ähnlichkeit der Stimmen von June und Goneril sprach auch dafür. Wie hatte er nur so verrückt sein können, den Kapitän für einen Mörder zu halten; das mußte von der Benommenheit herrühren, die Doktor Drakes Pillen ihm verursacht hatten. Und wenn Kapitän Steerforth schuldlos war, dann hatte Mr. Pinfold einen mächtigen Verbündeten gegen alle seine Feinde.

Beruhigt und erleichtert kehrte Mr. Pinfold in seine Ecke im Salon zurück. Vater und Sohn beratschlagten gerade.

»Fosker ist ein Feigling.«

»Ja, ich habe nie viel von ihm gehalten.«

»Ich lasse ihn bei dieser Sache jetzt nicht mehr mitmachen.«

»Sehr richtig. Aber dann mußt du es allein schaffen. Letzte Nacht hast du dich nicht mit Ruhm bekleckert. Von mir aus kannst du den Kerl durchwalken, wenn er es verdient. Jedenfalls hast du es angedroht und mußt es jetzt auch tun. Du kannst in diesem Stadium nicht alles aufgeben, aber fang es richtig an. Du machst dir wohl nicht klar, wie gefährlich er ist.«

»Gefährlich? Der feige, gemeine, schwule Kommunist?«

»Ruhig, ruhig, mein Sohn, ich weiß, wie dir zumute ist. Aber ich kenne die Welt länger als du, ich will dir wenigstens ein paar Tips geben. Erstens ist Pinfold völlig skrupellos. Kein Gentleman. Er wäre imstande, dich vor Gericht zu zerren. Hast du irgendwelche Beweise?«

»Alle wissen, daß es stimmt.«

»Mag ja sein, aber in einem Gerichtssaal hilft dir das nichts, wenn du deine Behauptungen nicht beweisen kannst. Du brauchst so viel Material gegen Pinfold, daß er nicht wagt, dich anzuzeigen. Das hast du bislang nicht. Und noch etwas, er ist ungeheuer reich, ich glaube sogar, er hält einen Mehrheitsanteil an der Reederei, zu der die ›Caliban‹ gehört. Die Herren mit der krummen Nase zahlen ihre Steuern ja nicht wie wir armen Christen. Pinfold hat sein Geld überall im Ausland deponiert. Er hat überall Freunde.«

»Was sagst du, *Freunde*?«

»Na ja, nicht das, was *wir* darunter verstehen. Aber er besitzt Einfluß, in der Politik, bei der Polizei. Du hast noch wenig von der Welt gesehen, mein Sohn. Du hast keine Ahnung, wieviel Macht ein Mann wie Pinfold heutzutage hat. Er wirkt anziehend auf Frauen, wie alle Homosexuellen. Margaret ist schon in ihn verliebt, und sogar deine Mutter hat etwas für ihn übrig. Wir müssen vorsichtig vorgehen und uns mit anderen zusammentun. Ich werde jetzt ein oder zwei Telegramme abschicken, an Leute, die uns *Informationen* über Pinfold geben können. Wir brauchen Tatsachen. Der Fall muß absolut wasserdicht sein. Bis dahin halte dich lieber zurück.«

»Soll ich ihn denn nicht verdreschen?«

»Das will ich nicht gerade sagen. Wenn du ihn allein antriffst, kannst du ihm ruhig eins überziehen. Ich weiß, was ich in deinem Alter getan hätte. Aber ich bin jetzt alt und weise, und mein Rat ist: lieber vorsichtig und insgeheim. Vielleicht haben wir in ein oder zwei Tagen schon etwas in der Hand, womit wir unseren berühmten Mitreisenden überraschen können ...«

Als um zwölf Uhr der Mittagsgong ertönte, ging Mr. Pinfold in die Bar und bestellte sich einen Cocktail. Dort flogen Scherze hin und her, es gab Gelächter über die tägliche Wette. Mr. Pinfold studierte die Seekarte, auf der ein Fähnchen die Position der ›Caliban‹ markierte. Sie hatte Cap St. Vincent umrundet und näherte sich Gibraltar. In der Nacht würde sie vermutlich die Meerenge passieren.

Als er zum Lunch hinunterging, war er in einer hoffnungsvollen Stimmung. Die Halunken waren verstummt, ihr Zorn hatte sich wohl gelegt. Mit dem Mittelmeer verband Mr. Pinfold freundliche Erinnerungen. Sowie das Schiff diese geheiligten und heilenden Gewässer erreichte, würden alle Widrigkeiten schwinden.

Im Speisesaal fiel ihm auf, daß der Schwarzhaarige nicht mehr allein, sondern an einem Tisch mit Mrs. Cockson und Mrs. Benson saß. Auch dies erschien ihm irgendwie als ein gutes Omen.

Der internationale Zwischenfall

Als Mr. Pinfold sich nach dem Lunch in seiner Kabine ein wenig ausruhte, erfuhr er aus der Unterhaltung der beiden Generale zum erstenmal von der Zuspitzung der internationalen Lage, die sich während seiner Krankheit ergeben hatte. In den Zeitungen, die er vor dem Antritt seiner Reise flüchtig überflogen hatte, war davon nicht die Rede gewesen, oder er hatte vielleicht in seinem benommenen Zustand nicht recht darauf geachtet. Anscheinend gab es wieder einmal Streit über den Besitz von Gibraltar. Die Spanier hatten vor einigen Tagen ihre Ansprüche auf die Festung in aller Form angemeldet und nahmen sich seitdem das Recht heraus, alle Schiffe in der Straße von Gibraltar, die sie jetzt zu ihren Hoheitsgewässern zählten, anzuhalten und zu durchsuchen. Schon während der Essenszeit hatte die ›Caliban‹ beigedreht und spanische Beamte an Bord genommen. Sie verlangten, das Schiff solle in Algeciras anlegen zwecks Kontrolle von Ladung und Passagieren.

Die beiden alten Herren erbosten sich über General Franco und schwelgten in Ausdrücken wie »lumpiger Diktator«, »Westentaschen-Hitler«, »übler Spanier« oder »kirchenhörige Marionette«. Kaum weniger verächtlich sprachen sie über die britische Regierung, die anscheinend vor den Spaniern »zu Kreuze kriechen« wolle.

»Das ist ja eine echte Blockade. Wenn ich Kapitän wäre, würde ich auf den Tisch hauen. Ich würde ›Volldampf voraus‹ befehlen, und sie könnten von mir aus hinterherschießen.«

»Das wäre natürlich ein Anlaß zum Krieg.«

»Würde ihnen recht geschehen. Wir sind doch nicht so tief gesunken, daß wir nicht mal mehr den Spaniern eins überbraten können.«

»All der Ärger kommt von der UNO.«

»Und von den Amerikanern.«

»Endlich mal was, wofür die Russen nichts können.«

»Es wäre das Ende der NATO.«

»Da könnten wir nur froh sein.«

»Der Kapitän bekommt natürlich seine Befehle aus London.«

»Das ist ja das Problem. Es kommen keine Befehle durch.«

Kapitän Steerforth war nunmehr völlig rehabilitiert. Mr. Pinfold sah ihn als einen schlichten Seeoffizier, der vor einer schwierigen Entscheidung stand, von der nicht nur die Sicherheit seines Schiffes, sondern der Friede der Welt abhing. Den ganzen langen Nachmittag hindurch verfolgte Mr. Pinfold die verzweifelten Versuche des Funkers, mit der Reederei, dem Auswärtigen Amt, dem britischen Gouverneur von Gibraltar oder mit der Mittelmeerflotte Kontakt aufzunehmen, alles umsonst. Kapitän Steerforth stand ganz allein als Repräsentant des Völkerrechts und des britischen Ansehens in der Welt, ein braver Mann, beladen mit einer Verantwortung, für die er gar nicht gerüstet war. Mr. Pinfold wünschte, er könnte neben ihm auf der Brücke stehen, ihn zum Widerstand ermutigen und mit ihm das Schiff unter den spanischen Geschützen hindurch in das freie Mittelmeer steuern, wo alle die historischen und mythischen Helden der Antike ihrem unsterblichen Ruhm entgegengesegelt waren.

Gefahr von außen löscht allen Parteienzwist aus; Mr. Pinfold hatte die Fehde mit den jungen Rabauken vergessen. Alle an Bord waren jetzt Waffengefährten im Kampf gegen die feindlichen Ausländer.

Die spanischen Beamten ließen es nicht an Höflichkeit fehlen.

Er konnte sie in der Kapitänskajüte reden hören. In ausgezeichnetem Englisch erklärten sie, wie sehr sie persönlich die Vorschriften bedauerten, die sie auszuführen hatten. Es sei eine politische Angelegenheit, sagten sie, und zweifelsohne werde sie auf einem internationalen Gipfeltreffen beigelegt werden. Inzwischen mußten sie ihre Anordnungen befolgen. Sie erwähnten eine Bürgschaftszahlung, eine enorme Summe, die von London gestellt werden mußte, um der ›Caliban‹ die freie Fahrt zu ermöglichen. Wenn bis Mitternacht nichts entschieden war, wollten sie die ›Caliban‹ nach Algeciras eskortieren.

»Piraterien!« rief Kapitän Steerforth, »Erpressung!«

»Einen solchen Ton gegenüber unserem Staatsoberhaupt können wir nicht dulden.«

»Dann verschwinden Sie, verdammt nochmal, von meiner Brücke«, erwiderte der Kapitän. Die Spanier zogen sich zurück, aber die kleine Reiberei hatte nichts entschieden. Sie blieben an Bord, und das Schiff lag still.

Gegen Abend ging Mr. Pinfold an Deck. Nichts war zu sehen, kein Land und auch nicht das spanische Schiff, das die Beamten gebracht hatte und vermutlich dicht hinter dem Horizont auf der Lauer lag. Mr. Pinfold beugte sich über die Reling und schaute ins Wasser. Die untergehende Sonne stand genau hinter dem Heck, und er wunderte sich über die starke Strömung; er hätte schwören können, daß das Schiff Fahrt machte, wenn er es nicht besser gewußt hätte. Er erinnerte sich, gelernt zu haben, daß der Indische Ozean durch den Suezkanal in den Atlantik fließt. Er dachte an die vielen Gewässer, die das Mittelmeer speisten, das Treibeis aus dem Schwarzen Meer, das an Konstantinopel und Troja vorüberzog, den Nil, den Euphrat, die Donau, die Rhône, die großen Ströme der Geschichte. Alle diese Wasser teilten sich jetzt am Bug und schäumten unter dem Kiel des Schiffes auf.

Die Passagiere ahnten nichts von dem Verhängnis, das sie bedrohte. Erfrischt vom Mittagsschläfchen saßen sie auf Deck herum, lasen, strickten und plauderten. Auf dem Achterdeck war dieselbe kleine Gruppe wie immer beim Spiel. Mr. Pinfold traf Glover.

»Haben Sie die Spanier an Bord kommen sehen?« fragte er.

»Spanier? An Bord? Wieso denn? Wann?«

»Sie machen uns sehr viel Unannehmlichkeiten.«

»Tut mir leid«, sagte Glover, »aber ich habe keine Ahnung, wovon Sie reden.«

»Das werden Sie schon sehr bald merken.«

Glover setzte wieder die verwirrte Miene auf, die Mr. Pinfold nun schon öfter an ihm bemerkt hatte.

»Es gibt keine Spanier an Bord, soviel ich weiß.«

Mr. Pinfold hielt es nicht für angebracht, Schrecken und Mutlosigkeit zu verbreiten oder auch nur seine Informationsquellen aufzudecken. Offenbar lag dem Kapitän daran, die Angelegenheit möglichst lange geheimzuhalten, darin wollte Mr. Pinfold ihn unterstützen. »Sicher irre ich mich.«

»Die einzigen Ausländer, die ich gesehen habe, sind einige Burmesen, und das norwegische Ehepaar an unserem Tisch.«

»Ja, ja. Vielleicht ein Mißverständnis.«

Glover verzog sich ganz hinten ans Heck, wo er mit dem Golfschläger übte. Er schwang ihn methodisch und konzentriert, sichtlich ohne weitere Beunruhigung wegen der Spanier. Mr. Pinfold kehrte zu seinem Horchposten in der Salonecke zurück, aber dort war nichts zu hören als das Ticken des Funkgeräts, mit dem der Hilferuf ausgesendet wurde. Einer der Funker sagte zu dem anderen: »Es kommt nichts herein. Ich fürchte, unsere Signale gehen gar nicht hinaus.«

»Das ist die neue Erfindung, davon habe ich gehört. Es soll etwas geben, das Funkstille erzeugt. Niemand hat es bisher ausprobiert, für den Krieg kam die Erfindung zu spät. Beide

Seiten hatten es entwickelt, aber 1945 war es immer noch im Versuchsstadium.«

»Das wäre wirkungsvoller als ein Störsender.«

»Ein ganz anderes Prinzip. Läßt sich bislang nur über kurze Entfernung anwenden. In ein oder zwei Jahren sind sie soweit, daß sie ganze Länder isolieren können.«

»Was wird dann aus unseren Arbeitsplätzen?«

»Ach, irgend jemand erfindet ein Gerät, das dagegen wirkt. So geht's doch immer.«

»Jedenfalls, jetzt können wir nicht mehr tun, als es immer wieder zu probieren.«

Das Ticken begann erneut. Mr. Pinfold ging zur Bar und bestellte sich einen Gin Tonic. Der englische Steward kam mit dem Tablett in der Hand vom Deck herein und ging zur Theke.

»Diese spanischen Hunde verlangen Whisky«, sagte er.

»Die bediene ich nicht«, sagte der Barmixer.

»Befehl vom Kapitän«, erwiderte der Steward.

»Was ist mit dem Alten los? Sieht ihm nicht ähnlich, einfach klein beizugeben.«

»Er hat einen Plan, verlaß dich drauf. Und jetzt gib mir die vier Whisky – hoffentlich fallen sie davon tot um.«

Mr. Pinfold trank sein Glas aus und ging zurück in seine Lauscherecke. Er hätte gern mehr über den Plan des Kapitäns erfahren. Kaum hatte er sich hingesetzt und die Ohren gespitzt, als er auch schon hörte, wie der Kapitän in seiner Kajüte die Schiffsoffiziere informierte.

»... von allen Fragen des Völkerrechts und des Seerechts einmal abgesehen, gibt es noch einen besonderen Grund, weshalb dieses Schiff auf keinen Fall durchsucht werden darf. Wie Sie alle wissen, haben wir jemand an Bord, der weder Passagier ist noch zur Besatzung gehört und der auf keiner Liste steht. Er hat keine Schiffskarte und keinen Paß, ich selbst weiß nicht einmal, wie er heißt, aber Sie haben ihn sicher allein im Speisesaal sitzen sehen. Mir ist lediglich bekannt, daß er mit einem sehr wichtigen Geheimauftrag im Dienst Ihrer Majestät unterwegs ist, deshalb reist er ja mit uns und nicht auf einer der großen Routen, die überwacht werden. Hinter ihm, und sonst niemandem, sind die Spanier her, all dies Gerede über Hoheitsgewässer und Durchsuchungsrechte ist ja nur Bluff. Wir müssen diesen Mann durchschmuggeln.«

»Was haben Sie denn vor, Kapitän?«

»Es steht noch nicht ganz fest, aber ich habe schon eine Idee. Ich werde wohl die Passagiere ins Vertrauen ziehen müssen – natürlich nicht alle und nicht vollständig. Aber ich werde etwa ein halbes Dutzend verläßliche Männer zusammenrufen und sie einweihen – teilweise einweihen. Ich werde sie nach dem Dinner hierherauf bitten. Mir ihrer Hilfe könnte der Plan gelingen.«

Die beiden Generale erhielten ihre Einladung schon frühzeitig und durchschauten sie sofort. Sie unterhielten sich darüber, während Mr. Pinfold sich zum Essen umzog.

»Sieht aus, als wolle er sich auf einen Kampf einlassen.«

»Wir halten alle zu ihm.«

»Kann man sich auf die Burmesen verlassen?«

»Das muß heute abend in der Versammlung diskutiert werden.«

»Ich traue ihnen nicht über den Weg. Verdammte Gelbe.«

»Und die Norweger?«

»Nichts gegen sie, aber dies ist eine britische Angelegenheit.«

»Am besten verläßt man sich auf sich selbst.«

Es kam Mr. Pinfold gar nicht in den Sinn, daß er vielleicht nicht zur *Kadergruppe* des Kapitäns gehören könnte. Aber er erhielt keine Einladung, obwohl er von verschiedenen Teilen des Schiffes her geflüsterte Worte vernahm: »... der Kapitän läßt sich empfehlen und würde sich freuen, wenn Sie nach dem Essen für ein paar Minuten in seine Kajüte kommen könnten ...«

Bei Tisch wußte Kapitän Steerforth seine Besorgnis hinter

männlicher Gelassenheit zu verbergen. Sogar als Mrs. Scarfield harmlos fragte: »Wann passieren wir Gibraltar?« antwortete er mit unbewegter Miene: »Morgen früh.«

»Von da an wird es wohl wärmer?«

»Nicht zu dieser Jahreszeit«, antwortete er leichthin. »Sie können die Sommerkleider erst im Roten Meer auspacken.«

Während der kurzen Zeit ihrer Bekanntschaft hatte Mr. Pinfold diesen Mann mit sehr wechselnden Gefühlen betrachtet. Jetzt erfüllte ihn nichts als Bewunderung, als Mrs. Scarfield den Kapitän zu einem Spielchen nach dem Essen aufforderte und dieser ruhig antwortete: »Heute abend leider nicht. Ich habe noch etwas Wichtiges zu erledigen.«

Mr. Pinfold richtete es so ein, daß er zusammen mit dem Kapitän den Speisesaal verließ, um diesem Gelegenheit zu geben, ihn zu dem Treffen einzuladen. Aber Kapitän Steerforth verabschiedete sich am Treppenaufgang, ohne etwas davon gesagt zu haben. Ein wenig verwirrt zögerte Mr. Pinfold einen Augenblick und entschied sich dann, seine Kabine aufzusuchen. Es war wichtig, daß er schnell zu finden war, falls man ihn brauchte.

Aber bald wurde ihm klar, daß man ihn überhaupt nicht brauchte. Steerforth hatte seine Truppe schnell versammelt und begann mit einem Überblick über die Lage, die Mr. Pinfold schon vertraut war. Den Geheimagenten erwähnte er nicht. Er erläuterte lediglich, daß die Reeder nicht bereit waren, die unverschämte Summe zu zahlen, die verlangt wurde. Das Alternativangebot der Spanier sah vor, daß er Algeciras anlaufen und dort warten solle, bis die Angelegenheit zwischen Madrid und London geklärt war. Das jedoch beleidigte die ruhmreiche Tradition der britischen Seefahrt. Niemals würde die ›Caliban‹ die Flagge streichen! Hier unterbrach ihn zustimmendes, von männlich unterdrückten Gefühlen heiseres Murmeln. Dann erläuterte er seinen Plan: Um Mitternacht würde das spanische

Schiff längsseits kommen und die spanischen Beamten von der ›Caliban‹ übernehmen. Diese hatten die Absicht, ihn selbst und eine Anzahl Geiseln festzunehmen und einen spanischen Seeoffizier auf der Brücke zurückzulassen, der die ›Caliban‹ nach Algeciras steuern sollte. Mit dem Widerstand wollte er warten, bis sie sich auf der unbeleuchteten Gangway befanden; dort sollten die Engländer die Spanier überwältigen, sie in ihr Schiff zurückwerfen – »und wenn einer oder zwei dabei ein Bad nehmen, um so besser« – und dann sollte die ›Caliban‹ sich mit Volldampf davonmachen. »Ich glaube nicht, daß sie wirklich auf uns feuern werden. Und wenn – ihre Geschütze sind nicht gerade die besten, und wir müssen es nun einmal darauf ankommen lassen. Sind alle einverstanden?«

»Einverstanden ... Ja ... Ich auch ... Einverstanden.«

»Ich wußte, daß ich mich auf Sie verlassen kann. Sie alle haben im Krieg gedient, ich bin stolz darauf, Sie zu kommandieren. Die Gelben werden in ihren Kabinen eingeschlossen.«

»Und was ist mit Pinfold, warum ist er nicht hier?«

»Er bekommt eine Sonderaufgabe. Ich möchte im Moment nicht weiter darauf eingehen.«

»Hat er seine Instruktionen schon?«

»Noch nicht«, antwortete Kapitän Steerforth. »Wir haben noch einige Stunden zur Verfügung. Meine Herren, ich schlage vor, daß Sie sich möglichst unauffällig verhalten, sich früh zurückziehen und sich um elf Uhr fünfundvierzig hier wieder einfinden. Die Stunde x ist um Mitternacht. Vielleicht könnten Sie, Herr General, noch einen Augenblick bleiben. Meine Herren, ich danke Ihnen. Gute Nacht.«

Die Versammlung zerstreute sich, nur der General blieb mit dem Kapitän und dem Ersten und Zweiten Offizier zurück.

»Nun, wie hörte sich das an?« fragte Steerforth.

»Ziemlich fadenscheinig, wenn Sie mich fragen«, meinte der Erste Offizier.

»Vermute ich richtig«, fragte der General, »daß das, was wir soeben zu hören bekamen, nur der Tarnung Ihrer wahren Absichten diente?«

»In der Tat. Ich hätte mir denken können, daß ein alter Mitstreiter wie Sie nicht zu täuschen ist. Ich selbst bedaure es, daß ich Ihre Freunde nicht ins Vertrauen ziehen kann, aber aus Sicherheitsgründen muß die Zahl der Eingeweihten auf das absolute Minimum begrenzt werden. Die Rolle derer, die uns eben verlassen haben, besteht darin, Unsicherheit und Verwirrung an Bord zu stiften und uns so die Deckung für die eigentlich geplante Aktion zu verschaffen. In Wirklichkeit geht es darum, zu verhindern, daß eine bestimmte Person in die Hand des Feindes fällt.«

»Pinfold?«

»O nein, ganz im Gegenteil. Hauptmann Pinfold müssen wir wohl leider abschreiben. Die Spanier werden uns nicht durchlassen, bis sie glauben, daß sie ihren Mann erwischt haben. Die Entscheidung war nicht leicht, das kann ich Ihnen versichern. Ich bin für die Sicherheit aller Passagiere verantwortlich, aber in Zeiten wie diesen müssen zuweilen Opfer gebracht werden. Mein Plan ist, kurz gesagt, folgender: Hauptmann Pinfold übernimmt die Rolle des Agenten und wird mit den entsprechenden Papieren ausgestattet. Die Spanier nehmen ihn mit an Land, und das Schiff kann unbehindert weiterfahren.«

Eine Pause entstand, während alle über diesen Vorschlag nachdachten. Schließlich sagte der Erste Offizier: »Es könnte glücken.«

»Es *muß* glücken.«

»Was werden sie mit ihm machen?«

»Das weiß man nicht. Sicher sperren sie ihn ein, bis sie nähere Informationen haben. Sie werden ihm kaum gestatten, sich an unsere Botschaft zu wenden. Wenn sie den Irrtum bemerken, falls sie ihn je bemerken, sind sie in Teufels Küche. Dann lassen sie ihn entweder laufen, oder sie finden es bequemer, ihn einfach verschwinden zu lassen.«

»Ich verstehe.«

Der General sprach schließlich den Gedanken aus, der Mr. Pinfold am meisten beschäftigte. »Warum gerade Pinfold?« fragte er.

»Die Entscheidung war schmerzlich, aber unumgänglich. Er ist genau der richtige Mann. Sonst ist keiner an Bord, mit dem man sie so erfolgreich täuschen könnte. Er sieht aus wie ein Geheimagent, er war es wohl auch während des Krieges. Er ist krank, deswegen können wir auf ihn am besten verzichten. Außerdem ist er römisch-katholisch, das hilft ihm in Spanien vielleicht ein wenig.«

»Ja«, sagte der General, »ja, das alles leuchtet mir ein. Trotzdem verdammt anständig von ihm, daß er einwilligt. Ich an seiner Stelle hätte mir das zweimal überlegt.«

»Er *selbst* hat ja keine Ahnung davon.«

»Das kann doch nicht wahr sein!«

»Doch, das würde die Sicherheit gefährden. Außerdem würde er vielleicht *nicht* einwilligen; schließlich hat er eine Frau, und ziemlich viele Kinder. Man kann es einem Mann nicht übelnehmen, wenn er lieber an seine Familie denkt, als sich für ein Himmelfahrtskommando zur Verfügung zu stellen. Nein, nein, Hauptmann Pinfold muß im unklaren gehalten werden. Deshalb auch die Tarnungsaktion, das Ablenkungsmanöver. Es muß ein Durcheinander an der Gangway geben, damit Hauptmann Pinfold in die Korvette abgeschoben werden kann. Sie, Erster, haben den Auftrag, ihn aus seiner Kabine zu holen und ihm unbemerkt die Papiere in die Tasche zu stecken.«

»Aye, aye, Sir.«

»Mein Sohn wird ja lachen«, sagte der General. »Er hatte von Anfang an etwas gegen Pinfold. Wenn er jetzt hört, daß er zum Feind übergelaufen ist ...«

Die Stimmen schwiegen. Eine ganze Weile saß Mr. Pinfold da wie gelähmt vor Schreck und Empörung. Als er endlich auf die Uhr sah, war es schon fast halb zehn. Er zog den Abendanzug aus und holte den Tweedanzug aus dem Schrank, um für alle Verbrechen, die das Dunkel der Nacht erzeugen mochte, passend gekleidet zu sein. Er steckte seinen Paß und die Reiseschecks ein, setzte sich dann, mit dem Knotenstock bewaffnet, in seinen Sessel und begann, geduldig und sorgfältig, wie er es beim Militär gelernt hatte, die Lage zu analysieren. Er war allein, ohne Hoffnung auf Verstärkung. Sein einziger Vorteil war, daß er ihren Plan kannte, und daß sie dies nicht wußten. Er überprüfte das Vorhaben des Kapitäns – er hatte ja ziemlich viel Erfahrung mit Nachtaktionen auf kleinem Raum – und fand es einfach lachhaft. Wie ein Handgemenge auf der Gangway im Dunkeln ausgehen würde, ließ sich zwar schwer voraussagen, aber er war sich sicher, daß er jeden Versuch, ihn gegen seinen Willen in die Korvette zu befördern, durchkreuzen könnte. Selbst wenn es ihnen gelang und die ›Caliban‹ sich sofort in Bewegung setzte, würde die Korvette doch das Feuer eröffnen und sie versenken oder manövrierunfähig schießen, längst ehe die Spanier sich mit den falschen Papieren, die er bei sich trug, beschäftigen konnten.

Hier befielen Mr. Pinfold moralische Zweifel. Im allgemeinen war er nicht das, was man einen Menschenfreund nennt, und das sogenannte »soziale Gewissen« ging ihm vollständig ab. Aber abgesehen von der Liebe zu Frau und Kindern hegte er ein einfaches, mitmenschliches Wohlwollen für alle, die ihm nicht gerade in die Quere kamen. Und er war, in einem ganz altmodischen Sinn, Patriot. Diese Regungen traten bei ihm oft an die Stelle höherer Tugenden oder Bindungen, und dies war eine solche Gelegenheit. Diese Mrs. Scarfield, Mrs. Cockson, Mrs. Benson, sogar Glover und alle diese schlichten strickenden, plaudernden, schlummernden Mitmenschen waren ihm irgendwie ans Herz gewachsen, und für die unsichtbare, rätselhafte Margaret empfand er sogar eine neugierige Zärtlichkeit. Was für ein Jammer, wenn sie alle nur wegen der Unfähigkeit dieses Einfaltspinsels von Kapitän ein Grab in den Wellen fanden! Was ihm selbst geschah, war ihm gleichgültig, aber sein Verschwinden, möglicherweise unter unehrenhaften Umständen, würde seine Frau und Kinder unglücklich machen. Er konnte nicht zulassen, daß Kapitän Steerforth so viele Menschenschicksale zugrunde richtete. Aber – da war andererseits der Geheimagent. Wenn dieser Mann wirklich von so ungeheurer Bedeutung für England war, mußte er gerettet werden. Mr. Pinfold fühlte sich für seinen Schutz verantwortlich. Er war das auserwählte Opfer, sein Verhängnis unentrinnbar. Aber dann wollte er dazu nicht überlistet werden, sondern als blumenbekränzter Held zum Opferaltar schreiten.

Seine Taktik konnte er nicht im voraus planen, er mußte spontan handeln, aber sein Ziel war ihm klar. Wenn es nötig war, war er bereit, die Rolle des Agenten zu spielen, aber Kapitän Steerforth und seine Verbündeten mußten anerkennen, daß er es freiwillig und als Ehrenmann tat, und Mrs. Pinfold mußte wahrheitsgemäß informiert werden. Wenn das geklärt war, würde er die Verhaftung auf sich nehmen.

Solange er über all dies nachdachte, achtete er nicht auf die Stimmen. Er wartete.

Um Viertel vor zwölf hörte er ein Signal von der Brücke und einen Zuruf auf spanisch von der See her. Die Korvette kam längsseits, und auf der ›Caliban‹ wurden Stimmen laut. Der Zeitpunkt zum Handeln war da. Er mußte dem Kapitän seine Bedingungen unterbreiten, noch ehe die Spanier an Bord kamen. Er griff den Knotenstock fester und machte sich auf den Weg.

Sofort wurden seine Verbindungen unterbrochen. Er ging bis zur Treppe und stieg an Deck. Dort war niemand. Kein Schiff war in der Nähe oder auch nur in Sicht, kein Licht am dunklen Horizont, kein Laut von der Brücke, nur das Plätschern und Rauschen von Wellen und Wind. Mr. Pinfold blieb verwirrt stehen, das einzig aufgewühlte Wesen inmitten einer friedlichen Welt.

Noch vor wenigen Minuten hatte er furchtlos dem Feind ins Auge geblickt. Jetzt packte ihn die Angst, ein Gefühl von Hilflosigkeit, das mit dem oberflächlichen Erschrecken im Augenblick der Gefahr, das er kannte, nichts zu tun hatte. Von dieser Angst hatte er nur gelesen, und er hatte sie für übertrieben gehalten. Eine Urangst nahm von ihm Besitz. Wie König Lear rief er aus: »Oh, schützt vor Wahnsinn mich, vor Wahnsinn, Götter!«

In diesem Augenblick voller Höllenqual drang spöttisches Gekicher an sein Ohr, das zu Goneril gehörte. Es hatte nichts Fröhliches oder Besänftigendes an sich, sondern mißtönenden Hohn und Haß, aber in Mr. Pinfolds Ohren erklang es wie ein Wiegenlied.

»Nur ein Jux«, sagte er sich.

Die Halunken hatten sich einen Jux mit ihm gemacht. Jetzt durchschaute er alles. Sie hatten von dem defekten Kabelsystem in seiner Kabine erfahren und hatten das ausgenutzt. Das ganze Schauspiel, oder vielmehr Hörspiel, war inszeniert worden, um ihn zu ärgern. Das war gemein und beleidigend, kein Zweifel, und durfte sich nicht wiederholen, aber im Augenblick empfand Mr. Pinfold nichts als Dankbarkeit. Er war vielleicht unbeliebt, hatte sich lächerlich gemacht, aber jedenfalls war er nicht wahnsinnig.

Er kehrte in seine Kabine zurück. Seit dreißig oder vierzig Stunden hatte er nicht geschlafen. Er warf sich noch in Kleidern aufs Bett und fiel in einen tiefen, gesunden Schlaf. Er schlief volle sechs Stunden.

Als er am Morgen an Deck kam, stand die Sonne schon hoch

über dem Bug. Backbord voraus erhob sich unverkennbar der Felsen von Gibraltar. Vor der ›Caliban‹ lag das windstille, heitere Mittelmeer.

Ein menschlicher Zug

Während Mr. Pinfold sich rasierte, hörte er Margaret sagen: »Es war ein niederträchtiger Streich, und ich bin froh, daß er schiefgegangen ist.«

»Es hat sich ganz schön gelohnt«, sagte ihr Bruder. »Der alte Peinfeld hat vor Angst geschlottert.«

»Stimmt nicht – und er heißt nicht Peinfeld. Er ist ein Held. Als ich ihn dort allein an Deck stehen sah, mußte ich an Admiral Nelson denken.«

»Er war ja betrunken.«

»Er sagt, es liegt nicht am Trinken, Kind«; die Mutter wollte es allen recht machen. »Er sagt jedenfalls, es liegt an der Medizin, die er einnehmen muß.«

»Medizin aus der Brandyflasche.«

»Das ist nicht wahr«, widersprach Margaret. »Zufällig weiß ich, was er denkt, und du weißt es nicht.«

Gonerils schrille Stimme mischte sich ein: »Ich kann euch sagen, wozu er sich an Deck aufhielt. Er wollte all seinen Mut zusammennehmen und über Bord springen. Er möchte sich so gern umbringen, stimmt's, Gilbert? Ich weiß ja, daß du uns zuhörst. Du hörst mich doch, Gilbert? Du wünschst dir, du wärst tot, ja, Gilbert? Eine ausgezeichnete Idee. Warum tust du's denn nicht, Gilbert? Warum nicht? Es geht doch so leicht. Du würdest uns allen viel Mühe ersparen, Gilbert, am meisten dir selbst.«

»Dieses Biest«, rief Margaret und fing an zu schluchzen.

»O Gott«, sagte ihr Bruder, »jetzt geht die Heulerei wieder los.«

Sechs Stunden Schlaf hatten Mr. Pinfold gestärkt. Er ging nach oben und ließ die streitsüchtigen Stimmen in der Kabine hinter sich. Das Hauptdeck war leer und still, Gibraltar war hinter dem Horizont versunken, kein Land in Sicht. Die Wasserfläche ringsum sah aus wie auf jedem Ozean, aber er wußte, daß er sich auf dem Mittelmeer befand, dem uralten Gewässer, das die Goldenen Zeiten der Menschheit und auch seines eigenen Lebens gesehen hatte, Zeiten von Arbeit, Kampf und Ausruhen, das Erlebnis von Schönheit und von junger Liebe.

Nach dem Frühstück setzte er sich mit einem Buch in den Salon, nicht in seine Lauschecke, sondern auf einen Sessel in der Mitte des Raumes, wo er ungestört lesen konnte. Er mußte machen, daß er aus dieser Geisterkabine herauskam, dachte er, nicht jetzt gleich, aber so bald wie möglich.

Nach einer Weile erhob er sich und ging wieder an Deck, das jetzt voll besetzt war. Die Passagiere waren wie sonst mit Lesen, Stricken, Sonnenbaden oder, wie er selbst, mit Umherwandeln beschäftigt, aber auf ihn wirkte die Szene neu und wie von vorösterlicher Fröhlichkeit erfüllt. Er war ganz Wohlwollen und Menschenfreundlichkeit, bis er etwas unsanft daraus aufgeschreckt wurde.

Auch die Mitreisenden bemerkten, daß sich etwas änderte. Jeder von ihnen hatte wohl schon einmal Mr. Pinfold zu Gesicht bekommen. Jetzt aber kam er sich vor wie eine bemerkenswerte Frau, die ohne männliche Begleitung bei der abendlichen Promenade in einem verschlafenen südamerikanischen Städtchen auftaucht. Auf manch einer verstaubten Plaza hatte er dies miterlebt; er hatte beobachtet, wie die fahlen Gesichter der Männer sich aufhellten, ihre trägen Bewegungen lebhaft wurden, wie sie sich in die Brust warfen. Er hatte die wilden Pfiffe gehört und, wenn er auch nicht jedes Wort verstand, die unverhüllte Einschätzung sämtlicher anatomischen Einzelheiten bemerkt.

Genauso fühlte sich Mr. Pinfold für den Rest des Tages, als Mittelpunkt allgemeiner Aufmerksamkeit und Gegenstand von Unterhaltungen, die laut und unbefangen und alles andere als schmeichelhaft waren.

»Das ist Gilbert Pinfold, der Schriftsteller.«

»Dieser gewöhnliche kleine Mensch? Nicht möglich.«

»Haben Sie seine Romane gelesen? Er hat einen sehr *seltsamen* Humor, finde ich.«

»Er sieht ja auch seltsam aus. Er trägt die Haare sehr lang.«

»Und Lippenstift.«

»Angemalt bis über die Ohren.«

»Und dann so schäbig gekleidet. Ich dachte, solche Männer legten Wert auf Eleganz.«

»Bei den Homos gibt's verschiedene Typen. ›Tunten‹ und ›Schwuchteln‹, das sind die, die sich verkleiden. Ich weiß das aus einem Buch, das ich gelesen habe. Und dann die maskulinen Typen, so einer ist Pinfold.«

Das war das erste Gespräch, das Mr. Pinfold mitanhörte. Er blieb stehen, drehte sich um und starrte die beiden Damen, die etwa in seinem Alter waren, vorwurfsvoll an. Eine lächelte ihn an, wendete sich dann aber der anderen zu und sagte:

»Er will sich anbiedern.«

»O Gott, wie ekelhaft.«

Mr. Pinfold schlenderte weiter, aber wohin er auch ging, er war der Gesprächsgegenstand.

»... Gutsherr zu Lychpole.«

»So kann sich jeder nennen. Hinter dem Titel steckt oft nicht mehr als ein verfallenes Bauernhaus.«

»O nein, Pinfold lebt auf großem Fuße, kann ich Ihnen sagen. Mit Dienern in Livree.«

»Kann mir vorstellen, was er mit den Dienern treibt.«

»Jetzt nicht mehr. Er ist seit Jahren impotent. Deshalb denkt er so oft ans Sterben.«

»Denkt er denn immerzu an den Tod?«

»Ja. Passen Sie auf, eines Tages begeht er Selbstmord.«

»Aber er ist doch katholisch. Da darf er sich doch gar nicht das Leben nehmen, oder?«

»Das würde Pinfold nicht hindern. Er steht nicht wirklich zu seinem Glauben. Er tut nur so, weil es ihm als aristokratisch erscheint. Ganz nach Gutsherrenart.«

»Zu dem Schiffsfunker hat er gesagt: ›Es gibt nur ein Lychpole auf der Welt‹.«

»Es gibt nur ein Lychpole, und Pinfold ist sein Herr ...«

»Da kommt er, wieder mal betrunken.«

»Er sieht aus wie ein Gespenst.«

»Ein Sterbenskranker, das sieht man doch.«

»Warum bringt er sich denn nicht um?«

»Er ist schon dabei, es dauert nicht mehr lange. Alkohol und Drogen. Er traut sich nicht einmal mehr zu einem Arzt, aus Angst, er wird in eine Anstalt gesteckt.«

»Das wäre wohl sicher das beste für ihn.«

»Über Bord springen wäre das beste für ihn.«

»Was für ein Ärger für Kapitän Steerforth!«

»Aber ihn an Bord zu haben ist auch ärgerlich für den Kapitän.«

»Und an seinem eigenen Tisch.«

»Das wird sich ändern. Haben Sie schon gehört? Es wird eine schriftliche Petition geben.«

»... Ja, ich habe unterschrieben. Alle hier, glaube ich.«

»Außer denen, die tatsächlich am gleichen Tisch sind, wie die Scarfields und Glover.«

»Klar, daß es für sie ein wenig peinlich ist.«

»Eine sehr gut begründete Petition.«

»Ja, sie stammt vom General. Sie enthält keinerlei konkrete Beschuldigung, verstehen Sie, das könnte üble Nachrede bedeuten. Einfach nur: ›*Aus Gründen, die nur vertraulich dargelegt werden können, betrachten die Unterzeichnenden es als eine Beleidigung für die Passagiere der* ›*Caliban*‹, *daß es Mr. Pinfold gestattet wird, am Tisch des Kapitäns einen Ehrenplatz einzunehmen, für den er bekanntermaßen nicht die Voraussetzungen erfüllt*‹. Gut formuliert.«

»... Der Kapitän sollte ihn einlochen. Er hat die Polizeigewalt auf dem Schiff.«

»Aber er hat ja hier an Bord noch nichts *verbrochen.*«

Diese beiden waren umgängliche Geschäftsleute, die einmal ein halbes Stündchen nach dem Essen mit Mr. Pinfold und Mr. und Mrs. Scarfield geplaudert hatten.

»Zu seiner eigenen Sicherheit. Neulich Nacht hätten diese Knaben ihn ja fast zusammengeschlagen.«

»Da waren sie betrunken.«

»Sie könnten sich wieder betrinken. Es wäre für uns alle nur unangenehm, wenn wir am Ende als Zeugen zur Polizei müßten.«

»Kann das nicht in die Petition aufgenommen werden?«

»Das hat man diskutiert. Aber die Generale hielten es für das beste, das für die mündliche Verhandlung aufzuheben. Der Kapitän wird sie ja nach den Gründen fragen.«

»Aber doch nicht schriftlich.«

»Genau. Sie verlangen ja auch nicht, daß er in die Arrestzelle kommt. Er soll nur in seiner Kabine bleiben.«

»Er hat wohl auch gewisse Rechte. Schließlich hat er für die Kabine und sein Essen bezahlt.«

»Aber *nicht* fürs Essen am Kapitänstisch.«

»Eben. Darum geht es ja.«

»... Nein«, sagte der Norweger, »ich habe nicht unterschrieben. Es ist ausschließlich eine Sache der Engländer. Mir ist nur bekannt, daß er ein Faschist ist. Ich habe gehört, daß er die Demokratie kritisiert hat. Wir hatten auch solche Leute, damals unter Quisling. Wir wußten mit ihnen umzugehen. Aber ich mische mich nicht in britische Angelegenheiten.«

»Ich habe ein Foto von ihm aus der Zeit vor dem Krieg, von einem Treffen der Schwarzhemden, der Mosley-Anhänger, vor der Albert Hall.«

»Das ließe sich vielleicht verwenden.«

»Er war ein radikaler Faschist. Man hätte ihn vielleicht eingesperrt, wenn er nicht in die Armee eingetreten wäre.«

»Da hat er sich wohl auch mit Schande bedeckt?«

»Ziemlich. In Kairo gab es einen Skandal, der dann vertuscht wurde. Sein Kommandeur hatte sich erschossen.«

»Erpressung?«

»Noch schlimmer.«

»Immerhin trägt er die Krawatte des Garderegiments.«

»Alle möglichen Krawatten trägt er – meistens von Eton.«

»War er denn in Eton?«

»Das behauptet er«, sagte Glover.

»Sehr unwahrscheinlich. Der war höchstens in einem zweitklassigen Internat.«

»Hat er denn in Oxford studiert?«

»Nein, bestimmt nicht. Seine ganze angebliche Lebensgeschichte besteht nur aus Lügen. Bis vor ein oder zwei Jahren war er völlig unbekannt. Er ist einer von diesen unangenehmen Typen, die erst nach dem Krieg nach oben geschwemmt worden sind.«

»...Ich will nicht direkt behaupten, daß er ein eingetragenes Mitglied der Kommunistischen Partei ist, aber er hat doch sehr viel mit ihnen zu tun.«

»Wie die meisten Juden.«

»Genau. Und diese ›verschwundenen‹ Diplomaten, das waren Freunde von ihm.«

»Aber er selbst ist zu unbedeutend, es würde sich für die Russen nicht lohnen, ihn nach Moskau zu locken.«

»Nicht einmal die Russen wollen Pinfold haben.«

Die seltsamste Begegnung dieses Vormittags war die mit Mrs. Cockson und Mrs. Benson. Sie saßen wie gewöhnlich bei einem Getränk unter der Markise vor der Außenbar und unterhielten sich auf französisch. Für die Ohren von Mr. Pinfold, der nur schlecht französisch sprach, klang es geläufig und akzentfrei. Mrs. Cockson sagte: »Dieser Monsieur Pinfold versucht immer wieder, meine Bekanntschaft zu machen, und er hat sich mehrerer meiner Freunde bedient, um sich bei mir vorzustellen. Natürlich habe ich abgelehnt.«

»Kennen Sie einen einzigen seiner Freunde? Es scheint mir, daß er nur sehr gewöhnliche Verbindungen hat.«

»Man kann sich immer irren, wenn man zum erstenmal einen Fremden vor sich hat. Aber schon in Paris haben wir festgestellt, daß er nicht gerade in unsere Gesellschaft paßt ...«

Es war ein abgekartetes Spiel, dachte Mr. Pinfold, normalerweise verhielt niemand sich so.

Als Mr. Pinfold in den Bellamy-Club eingetreten war, hatte es da einen alten adligen Herrn gegeben, der den ganzen Tag mit einem Zylinder auf dem Kopf in der Nähe der Treppe zu sitzen pflegte. Er sprach laut mit sich selbst und machte Bemerkungen über jedes Mitglied, das an ihm vorbei kam. Zwischendurch schlief er ein wenig, aber wenn er wach war, lief sein Kommentar ohne Pause – »... Der Kerl hat ein viel zu großes Kinn, sieht ja scheußlich aus. Kenne ihn gar nicht, wer hat den wohl angeschleppt? ... He, Sie, schlurfen Sie doch nicht so, Sie nutzen die Teppiche ab ... Der junge Crambo wird auch immer dicker! Ißt nicht und trinkt nicht und wird trotzdem dicker. Geldsorgen hat er, die machen dick ... Sieh da, der arme alte Nailsworth, seine Mutter war schon eine Hure, dann seine Frau, und von der Tochter erzählt man sich dasselbe ...« – und so fort.

Im Club war man tolerant und hatte den alten Sonderling fast liebevoll geduldet, aber er war nun schon Jahre tot. Mr. Pinfold konnte sich nicht vorstellen, daß alle Leute auf der ›Caliban‹ plötzlich ebenso wunderlich geworden waren. Nein, es war ein abgekartetes Spiel, das ganze Geschwätz sollte ihm zu Ohren kommen und gehörte zur Zermürbungstaktik des Generals, die an die Stelle der bisherigen Gewaltdrohungen getreten war.

Mr. Pinfold erinnerte sich an eine Familie mit mehreren hübschen, aber kaltherzigen Töchtern – in eine von ihnen war er damals, vor mehr als fünfundzwanzig Jahren, verliebt und ging deshalb öfter hin. Diese Mädchen sprachen untereinander eine Geheimsprache und spielten ihre eigenen Spiele. Eines ihrer Spiele stammte noch aus ihren Schultagen und sie hatten es für den Salon ein wenig ausgefeilt. Wenn sie Besuch hatten, pflegten sie ihm alle – falls sie gerade in Stimmung waren – die Zunge herauszustrecken, alle, außer denjenigen, die direkt in seinem Blickfeld standen. Wenn er sich umdrehte, verschwanden die Zungen der einen, die anderen wurden herausgestreckt. Diese Mädchen verwickelten den Gast in eine angeregte Unterhaltung, verzogen dabei keine Miene, taten ganz ernsthaft und ganz besonders liebenswürdig. Das Ziel bestand darin, daß der Besuch eine von ihnen mit herausgestreckter Zunge zu sehen bekam. Das Ganze wurde zur Komödie – das Köpfewenden, die liebreizenden Mienen, die sich plötzlich in höhnische Grimassen verwandelten, das zunehmende Unbehagen des Gefoppten, der wohl fühlte, daß er ausgelacht wurde und verstohlen nach seinen Hosenknöpfen oder in den Spiegel sah, um herauszufinden, was an ihm so lächerlich war. Mit einem Scherz dieser Art, nur plumper, wollten sich wohl die Passagiere der ›Caliban‹ auf seine Kosten amüsieren. Nun, er würde ihnen nicht die Genugtuung geben, daß er sich darüber ärgerte. Er wollte sich nicht mehr umdrehen, wenn sie hinter seinem Rücken tuschelten.

»... Seine Mutter soll ihren letzten Schmuck verkauft haben, um seine Schulden zu bezahlen ...«

»... und seine Bücher, taugen die etwas?«

»Niemals *wirklich*. Die früheren waren nicht ganz so schlecht wie jetzt die letzten. Es fällt ihm einfach nichts mehr ein.«

»Er hat alle literarischen Kunstgriffe durchprobiert. Nun ist er am Ende, und er weiß es.«

»Sicher hat er eine Menge Geld gescheffelt?«

»Nicht so viel, wie er vorgibt. Außerdem hat er es schon alles wieder ausgegeben. Er hat enorme Schulden.«

»Und dann kommt ihm wohl noch das Finanzamt auf den Hals.«

»Ja, natürlich. Er hat jahrelang sein Einkommen unterschlagen, das wird jetzt untersucht. So jemand wird am Ende doch erwischt.«

»Pinfold werden sie auch erwischen.«

»Dann muß er Lychpole verkaufen.«

»Dann muß er seine Kinder auf eine billige Schule schicken.«

»Er war ja auch auf keiner besseren.«

»Dann gibt's keinen Champagner mehr für ihn.«

»Und keine Zigarren.«

»Seine Frau wird ihn wohl verlassen?«

»Ganz bestimmt. Sie hat ja kein Dach mehr über dem Kopf. Ihre Familie wird für sie sorgen müssen.«

»Pinfold kann es ja nicht.«

»Nein, der nicht.«

Mr. Pinfold ließ sich nicht einschüchtern. Sie sollten nicht glauben, sie hätten ihn vertrieben. Erst als er ausgiebig frische Luft geschöpft hatte, kehrte er in seine Kabine zurück.

»Gilbert«, sagte Margaret, »Gilbert, warum sprichst du nicht mit mir? Auf dem Deck bist du ganz dicht an mir vorbeigegangen und hast mich nicht einmal angesehen. Habe ich dich denn gekränkt? Du weißt doch, daß das schimpfliche Gerede nicht von *mir* kommt, nicht wahr? Antworte mir doch, Gilbert, ich höre dich.«

Mr. Pinfold antwortete ihr in Gedanken, ohne die Worte laut auszusprechen: »Wo bist du denn? Ich weiß nicht einmal, wie du aussiehst. Wollen wir uns nicht einmal treffen? Ich lade dich zum Cocktail ein.«

»Ach, Gilbert, Liebster, das ist nicht möglich. Das ist gegen die *Vorschrift*.«

»Was für eine Vorschrift? Von wem? Macht dein Vater dir Vorschriften?«

»Nein, Gilbert, *die* Vorschrift, *das* Gesetz. Verstehst du nicht? *Das Gesetz* verbietet, daß wir uns treffen. Ich kann hin und wieder mit dir sprechen, aber wir dürfen uns nicht verabreden.«

»Wie siehst du aus?«

»Das darf ich dir nicht sagen. Du mußt es selbst herausfinden. Das gehört zu den Regeln.«

»Das hört sich an, als ob wir ein Spiel spielten.«

»Das tun wir doch alle. Jeder spielt eine Art Spiel. Jetzt muß ich gehen. Vorher möchte ich dir gern noch eines sagen.«

»Was denn?«

»Bist du auch nicht beleidigt?«

»Ich denke nicht.«

»Ganz bestimmt nicht?«

»Worum geht es denn?«

»Soll ich es wirklich sagen? Ob ich es wage? Bist du auch nicht gekränkt? Also ...« Margaret machte eine Pause. Dann ein brünstiges Flüstern: *»Laß dir die Haare schneiden.«*

»Zum Teufel ...«, sagte Mr. Pinfold, aber Margaret war nicht mehr da.

Er blickte in den Spiegel. Ja, sein Haar war ziemlich gewachsen, ein Haarschnitt konnte nicht schaden. Etwas anderes beschäftigte ihn: Wie hatte Margaret seine unausgesprochenen Worte hören können? Hierfür bot die Theorie von den beschädigten oder falsch verbundenen Drähten keine ausreichende Erklärung. Margaret kam ihm zu Hilfe: »Keine *Drähte*, Liebling. *Drahtlos*«, und damit war sie schon wieder verschwunden.

Vielleicht sollte dies Stichwort der Schlüssel zum Geheimnis sein und den Nebel der Verwirrung zerstreuen, der ihn einhüllte. Er würde es schon zur rechten Zeit erfahren. Im Moment war er noch verblüfft, fast wie vor den Kopf geschlagen, von dem, was er erlebt hatte. Als der Gong tönte, begab er sich zum Lunch, tief in Gedanken über ein Thema, von dem er nur wenig wußte, nämlich der Telepathie.

Bei Tisch wandte er sich unverzüglich an Glover, über den er sich ein wenig geärgert hatte. »Ich bin kein Schüler von Eton«, sagte er herausfordernd.

»Ich auch nicht«, sagte Glover. »Ich war in Marlborough.«

»Ich habe es auch nie behauptet«, beharrte Mr. Pinfold.

»Warum denn auch? Ich meine, wenn Sie gar nicht dort waren?«

»Es ist eine Schule, für die ich größte Hochachtung hege, aber ich selbst war nicht dort.« Dann wandte er sich an den Herrn aus Norwegen. »Ich war auch niemals mit einem schwarzen Hemd in der Albert Hall.«

»So?« antwortete der Norweger, höflich, jedoch verständnislos.

»Im Spanischen Bürgerkrieg stand ich innerlich auf der Seite von Franco.«

»Ja? Das ist alles so lange her, ich habe fast vergessen, worum es damals ging. In Norwegen war man an alledem nicht so interessiert wie in Frankreich und einigen anderen Ländern.«

»Aber für Hitler hatte ich nie etwas übrig.«

»Nein, sicher nicht.«

»Zeitweise hatte ich meine Hoffnungen auf Mussolini gesetzt. Aber mit Mosley hatte ich nie das geringste zu tun.«

»Mosley? Was ist denn das?«

»Ach, bitte«, rief die niedliche Mrs. Scarfield, »bitte, wir wollen nicht von Politik sprechen.«

Bis zum Ende der Mahlzeit verharrte Mr. Pinfold in Schweigen.

Nach dem Essen ging er zum Friseur und anschließend in seine Lauschecke in dem jetzt leeren Salon. Durch das Fenster sah er den Schiffsarzt das Deck überqueren. Anscheinend war er auf dem Weg zum Kapitän, denn kurze Zeit danach hörte Mr. Pinfold ihn sagen: »Ich dachte, Sie sollten davon unterrichtet werden, Kapitän«.

»Wo hat man ihn zuletzt gesehen?«

»Beim Friseur. Seitdem ist er verschwunden. In seiner Kabine ist er nicht.«

»Warum sollte er über Bord gegangen sein?«

»Er stand während der gesamten Reise unter Beobachtung. Ist Ihnen da denn nichts aufgefallen?«

»Doch, ja. Er trinkt.«

»Ein typischer Alkoholiker. Einige Passagiere meinten, ich solle mich um ihn kümmern. Aber das kann ich nur, wenn er mich aufsucht oder wenn er gewalttätig wird. Alle denken, er ist über Bord gesprungen.«

»Ich kann nicht das Schiff anhalten und ein Boot aussetzen, nur weil ein Fahrgast nicht in seiner Kabine anzutreffen ist. Sicher ist er in einer anderen Kabine, bei einer von den Damen – Sie wissen, was ich meine.«

»Ja, das wäre die einfachste Erklärung.«

»Hat er sonst ein Leiden, außer dem Hang zur Flasche?«

»Nichts, was sich nicht mit einem Tag harter Arbeit auskurieren ließe. Man sollte ihn eine Woche lang das Deck schrubben lassen, das würde ihm guttun ...«

Und plötzlich war das ganze Schiff wie ein Vogelkäfig von Geschwätz und Geschrei erfüllt.

»... Nirgends zu finden.«

»... Über Bord ...«

»... nach dem Friseur nirgends mehr aufgetaucht.«

»Der Kapitän glaubt, daß eine Frau dahintersteckt.«

Mr. Pinfold mühte sich, den Lärm zu überhören und sich auf sein Buch zu konzentrieren. Nach einer Weile änderte sich der Tonfall. »Alles in Ordnung, man hat ihn gefunden.«

»Falscher Alarm.«

»Pinfold ist wieder da.«

»Gott sei Dank«, das war die Stimme des Generals, »ich hatte schon Angst, wir hätten den Spaß zu weit getrieben.«

Danach war es still.

Seitdem Mr. Pinfold sich die Haare hatte schneiden lassen, wurde die Verbindung mit Margaret noch enger. Den ganzen Nachmittag und Abend schwatzte sie vor sich hin, begrüßte die Verschönerung und fand zärtliche Worte für sein verjüngtes, anziehendes Äußeres. Mr. Pinfold blickte in den Spiegel und drehte und wendete sein Haupt, doch kam er sich nicht verändert vor und sah keinerlei Grund zum Jubeln. Margarets Genugtuung hatte wohl weniger mit seiner Schönheit zu tun als mit der Tatsache, daß er getan hatte, was sie wollte.

So machte sie in ihren Lobreden allerlei Andeutungen, deren Sinn ihm anfangs nicht klar war: »... Denk nach, Gilbert. *Friseur.* Sagt dir das nichts?«

»Nein, was denn?«

»Es ist das *Schlüsselwort,* Gilbert. Der Schlüssel zu dem, was du wissen *solltest* und wissen möchtest.«

»Sag es mir doch.«

»Ich darf nicht, Liebster, das ist gegen die Regel. Aber ich kann es andeuten. Friseur, Gilbert! Was machen Friseure, außer Haareschneiden?«

»Shampoo verkaufen.«

»Falsch.«

»Unterhalten die Kunden. Massieren die Kopfhaut. Kräuseln Schnurrbärte. Manchmal behandeln sie wohl auch Hühneraugen.«

»Nein, Gilbert, es ist viel einfacher. Denk nach, Liebling. Rr... ra...«

»Rasieren?«

»Erraten!«

»Aber ich habe mich heute morgen rasiert. Soll ich das etwa nochmal tun?«

»Ach, Gilbert, du bist so süß. Ist dein Kinn nicht ein bißchen rauh? Wie bald nach dem Rasieren wird es wieder stoppelig? Ich mag ein rauhes Kinn...« Und sie verlor sich in leidenschaftlichen Liebesbeteuerungen.

Jugendliche Schwärmerei für seine Person, oder eher für die Phantasiegestalt, die die Leserinnen seiner Bücher sich von ihm zurechtmachten, das hatte Mr. Pinfold schon öfter erlebt. Margarets inbrünstige Schmeicheleien erinnerten ihn an die Briefe, von denen er zeitweise zwei täglich bekam und die wahrscheinlich im Bett geschrieben waren. Es waren heimliche Liebesgeständnisse, die ohne Absender kamen, verlangten keine Bestätigung oder Erwiderung und hörten ebenso plötzlich auf, wie sie angefangen hatten. Außer dem ersten pflegte er keinen davon zu lesen, aber hier, auf dem feindseligen Schiff, war Margarets süßes Liebesgestammel wohltuend für seine Ohren. Wie Balsam legte es sich auf seine Seele und entschädigte ihn für die Kränkungen, die er hatte ertragen müssen. Selbstvergessen lauschte er der Stimme. Diesen Morgen war er noch fest entschlossen gewesen, aus seiner Kabine auszuziehen, jetzt aber war er nicht mehr geneigt, diesen Ort des Trostes zu verlassen.

In der Nacht wurde alles anders.

An diesem Abend war Mr. Pinfold so müde, daß er sich nicht umzog und nicht zum Dinner ging, sondern allein an Deck sitzen blieb, bis die anderen Gäste aus dem Speisesaal zurückkamen. Dann suchte er seine Kabine auf, und zum erstenmal seit drei Tagen zog er einen Pyjama an, sprach sein Nachtgebet, legte sich zu Bett, drehte das Licht aus und schlief ohne Tabletten sofort ein.

Aber Margarets Mutter weckte ihn bald wieder. »Mr. Pinfold, Mr. Pinfold, Sie sind doch nicht etwa eingeschlafen? Es ist jetzt alles still. Sie haben doch wohl nicht vergessen, was Sie Margaret versprochen haben?«

»Mutter, er hat mir nichts versprochen.« Margarets Stimme klang tränenerstickt und fast hysterisch. »Es war kein echtes *Versprechen.* Siehst du nicht ein, wie peinlich das für mich ist, wenn du ihn bedrängst? Es war kein *Versprechen.*«

»In meiner Jugend, mein Kind, wäre jeder Mann glücklich gewesen, von einem hübschen Mädchen beachtet zu werden. Er hätte nicht einfach versucht, sich schlafend zu stellen.«

»Es liegt nur an mir, ich bin ihm zu langweilig. Er ist ein Mann von Welt, er hat Hunderte von Frauen gehabt, aufgeputzte, schamlose alte Hexen in London und Paris und Rom und New York. Was kann *ich* ihm schon bieten? Aber ich *liebe* ihn so sehr«, und in ihrer Qual gab sie einen langgezogenen Jammerlaut von sich, wie ihn Mr. Pinfold schon öfter auf diesem Schiff vernommen hatte.

»Weine nicht, mein Kind, deine Mutter wird mit ihm reden.«

»O nein, Mutter, *bitte* nicht, du darfst dich nicht einmischen.«

»›Einmischen‹ klingt nicht sehr nett, nicht wahr, Liebling? Überlaß das nur mir, ich rede mit ihm. Mr. Pinfold. *Gilbert!* Aufwachen! Margaret möchte Ihnen etwas sagen. Ich weiß,

Liebling, er ist aufgewacht. Gilbert, sagen Sie ihr, daß Sie wach sind und zuhören.«

»Ich bin wach und höre zu«, sagte Mr. Pinfold.

»Gut so, bleiben Sie dran« – es klang wie die Telefonvermittlung, dachte Mr. Pinfold – »Margaret will Sie sprechen. Komm, Margaret, sprich zu ihm.«

»Ich kann nicht, Mutter, ich kann nicht.«

»Da hören Sie es, Gilbert, Sie haben sie enttäuscht. Sagen Sie, daß Sie sie lieben. Sie lieben sie, nicht wahr?«

»Ich kenne sie doch gar nicht«, sagte Mr. Pinfold verzweifelt. »Sicher ist sie ganz entzückend, aber ich habe sie noch nie gesehen.«

»O Gilbert, was sind Sie denn für ein Kavalier? Das ist nicht ritterlich gesprochen. Sie geben sich nur so abweisend und steif, Sie sind es nicht, aber Sie können es den Menschen nicht übelnehmen, wenn sie Sie nach ihrem Verhalten beurteilen. Jedermann auf dem Schiff spricht schlecht von Ihnen. Wir kennen Sie besser. Margaret möchte kommen und Ihnen ›Gute Nacht‹ sagen, aber sie ist sich Ihrer Liebe nicht sicher. Sagen Sie Mimi, daß Sie sie lieben.«

»Wie sollte ich«, antwortete Mr. Pinfold. »Ich bin überzeugt, daß Ihre Tochter ganz reizend ist, aber erstens habe ich sie noch nicht kennengelernt, und zweitens bin ich verheiratet. Ich liebe *meine Frau.*«

»O Gilbert, wie können Sie so etwas Spießiges sagen?«

»Er liebt mich nicht«, jammerte Margaret. »Er liebt mich nicht mehr.«

»Gilbert, Gilbert, Sie brechen meiner Tochter das Herz!«

Mr. Pinfold wurde langsam ärgerlich.

»Ich gehe schlafen«, sagte er, »gute Nacht allerseits.«

»Aber Margaret möchte Sie besuchen.«

»Ach, halt den Mund, alte Vettel.«

Das hätte Mr. Pinfold nicht sagen sollen. Kaum hatte er das

Wort auf den Lippen beziehungsweise im Kopf, da war ihm schon klar, daß dies kein passender Ausdruck war. Das ganze Schiff bebte vor Zorn. Von Margaret kam ein schriller Jammerschrei, von ihrer Mutter ein wortloses, aber deutlich hörbares Zischen der Entrüstung, unbeherrschte Drohungen von dem Sohn: »Mein Gott, Peinfeld, das wirst du mir büßen. Wenn du denkst, du kannst so mit meiner Mutter reden …« – und dann, höchst unerwartet, herzhaftes Gelächter vom General.

»Gut gemacht, Peinfeld. ›Alte Vettel‹ – das, meine Gnädigste, hätte ich seit dreißig Jahren gern zu dir gesagt. Du *bist* eine alte Vettel, eine durchtriebene alte Hexe. Vielleicht läßt du *mich* jetzt endlich die Angelegenheit regeln. Verschwindet, ihr alle, ich möchte mit meiner Tochter reden. Komm her, Margaret, Blume meines Herzens, meine kleine Mimi.« Seine Stimme wurde heiser und belegt, die Rührung hatte den alten Haudegen überwältigt. »Du wirst nach dieser Nacht nie wieder meine kleine Mimi sein, du bist jetzt eine erwachsene Frau und hast dein Herz verschenkt, so soll es sein. Du triffst deine Wahl, nicht ich. Er ist ziemlich alt für dich, aber das hat auch sein Gutes. Manch frischgebackenes Ehepaar macht eine scheußliche Woche durch, weil sie nicht wissen, wie man's macht. Ein alter Mann weiß, wie man es macht. Er ist rücksichtsvoller und gütiger und sauberer; er zeigt es dir, und wenn dann die Zeit kommt, kannst du es einem jungen Mann beibringen – so wird die Kunst der Liebe weitergegeben und die Gattung Mensch fortgepflanzt. Am liebsten würde ich's dir selbst zeigen, aber du hast deine Wahl getroffen, also bleibt es dabei.«

»Aber Vater, er liebt mich nicht. Er gibt es zu.«

»Papperlapapp. So ein hübsches Mädchen wie du läuft ihm so bald nicht über den Weg. Auf dem Schiff kommt keine an dich heran, und wenn ich es richtig sehe, dann braucht er dringend was fürs Herz. Los, nimm ihn dir einfach. Was meinst du, wie deine Mutter mich gekriegt hat? Sie war eine Soldatentochter, brauchte keine Einladung, nahm die Hürde im Galopp. Ich kann dir sagen, mich nahm sie auch im Galopp. Vergiß nicht, du bist auch eine Soldatentochter. Wenn du diesen Pinfold willst, geh und nimm ihn dir. Aber mach dich, verdammt nochmal, anständig zurecht, wasch dich, mach dir die Haare schön und zieh dich aus.«

Margaret ging folgsam zu ihrer Kabine. Dort mußten mehrere Freundinnen sich eingefunden haben, denn man hörte den Chor der Brautjungfern, als sie sie entkleideten und ihr Haar bekränzten.

Hin- und hergerissen zwischen Bezauberung und Empörung lauschte Mr. Pinfold den Hochzeitsklängen. Er war es gewohnt, seine Entscheidungen selbst zu treffen, und es gefiel ihm keineswegs, daß diese zudringlichen Eltern sich seiner Leidenschaften bedienen wollten. Er war niemals, nicht einmal in Junggesellentagen, ein Schürzenjäger gewesen. Im Ausland, in anderen Erdteilen, hatte er gelegentlich ein Bordell aufgesucht, wie Reisende zu tun pflegen, die das exotische Leben von allen Seiten kennenlernen wollen. In England war er in seinen Liebesbeziehungen, solange sie dauerten, romantisch und treu gewesen, und in seiner Ehe hatte er sich niemals einen Seitensprung erlaubt. Seit seinem Übertritt zur Katholischen Kirche war er tugendhaft geworden; wenn er es vermied, absichtlich etwas Verbotenes zu tun, so hing das nicht mit primitiver Angst vor der Hölle zusammen, sondern mit einem Persönlichkeitsideal, zu dem auch die Keuschheit gehörte. Dennoch spürte er jetzt, wie sich Liebeserwartungen in ihm regten; seine Charakterstärke und Selbstbeherrschung hatten in den letzten Tagen wohl Schaden genommen. Die Aussicht auf Margarets Besuch war erregend, und er überlegte sich, wie er sie gebührend empfangen könne.

Die Kabine mit ihren zwei engen Kojen war für solche Zwekke schlecht geeignet. Er räumte ein wenig auf, hängte seine

Kleider in den Schrank und strich das Bett glatt, aber davon wurde der Raum nicht wohnlicher. Wenn Margaret zur Tür hereinkam, wollte er sie nicht wie ein Pascha auf dem Bett ausgestreckt, sondern stehend begrüßen. Und sollte er ihr den einzigen Stuhl, der da war, anbieten? Irgendwie mußte er sie dazu bringen, sich auf das Bett zu legen, aber wie konnte er sie ritterlich und anmutig dazu bewegen? Wie groß war sie überhaupt? Und konnte er sie tragen? Wenn er sich ihre Figur doch nur vorstellen könnte!

Er zog den Pyjama aus und hängte ihn weg, schlüpfte in seinen Morgenrock, setzte sich in den Sessel und faßte die Tür ins Auge. Während er wartete und die volkstümlichen Hochzeitssprüche und -lieder erklangen, schlug seine Stimmung um. Ängste und Zweifel mischten sich in seine Liebesphantasien. Um Himmels willen, worauf ließ er sich eigentlich ein? Er mußte an Clutton-Cornforth denken, mit seinen ewigen schmutzigen, trostlosen Affären. Und dazu sein geschwächter Gesundheitszustand. ›Etwas fürs Herz‹, ach, wirklich? Und wenn er nun sein Interesse nicht so lange aufrechthalten konnte, wie ein zärtliches Vorspiel es erforderte? Dann blickte er wieder auf das einladende Bett, und während es sich vor seinem geistigen Auge mit rosigen, schwellenden nackten Formen füllte wie ein Bild von Boucher oder Fragonard, wurde er wieder anderen Sinnes. Oh, wenn sie doch käme, wenn sie doch bald käme! Er war für die Begegnung gerüstet.

Aber Margaret hatte keine Eile, die Brautjungfern mußten erst ihr Werk vollenden, und die Eltern fanden sich auch dabei ein.

»Ach, mein liebstes Kind, du bist noch so jung. Bist du sicher, daß du ihn liebst? Noch ist es nicht zu spät, du kannst noch zurück. So wie du jetzt bist, sehe ich dich niemals wieder, meine reine, unschuldige Tochter.«

»Ja, Mutter, ich liebe ihn.«

»Seien Sie gut zu ihr, Gilbert, und höflicher, als Sie zu mir waren. Nie hätte ich erwartet, daß ein Mann mir gegenüber das Wort in den Mund nehmen werde, das Sie gebrauchten. Ich wollte nie wieder mit Ihnen sprechen, aber in diesem Moment lasse ich meinen Stolz beiseite. Sie halten das Lebensglück meines Kindes in der Hand, gehen Sie wie ein *treuer Gatte* damit um, ich vertraue Ihnen das Kostbarste, was ich habe...«

Und der General: »Margaret, mein Mädchen, du weißt, was jetzt kommt, nicht wahr?«

»Ich glaube ja, Vater.«

»Es ist immer eine Überraschung. Du hast es alles schwarz auf weiß gelesen, aber wenn's dann passiert, ist es doch anders, als du denkst. Na, jetzt ist nichts mehr zu ändern. Erzähl mir, wie's war, wenn es vorüber ist, ich warte oben auf dich. Und jetzt ab mit dir.«

Aber das Mädchen zögerte immer noch.

»Gilbert, Gilbert, willst du mich wirklich? Wirklich und wahrhaftig?«

»Ja, natürlich, komm doch her.«

»Sag erst etwas Zärtliches zu mir.«

»Zärtlich werde ich sein, wenn du hier bist.«

»Komm und hole mich.«

»Wo bist du denn?«

»Hier, vor deiner Kabine.«

»Dann komm doch herein, die Tür ist nicht verschlossen.«

»Ich kann nicht, ach nein, ich kann nicht. Du mußt mich holen.«

»Oh, stell dich nicht so an. Ich sitze hier seit einer Ewigkeit und warte. Wenn du kommen willst, so komm. Wenn nicht, möchte ich wieder zurück ins Bett.«

Darauf fing Margaret laut an zu weinen, und die Mutter sagte: »Gilbert, wie grausam. Das paßt nicht zu Ihnen. Sie lieben sie doch, und sie liebt Sie auch. Verstehen Sie denn nicht – ein junges Mädchen, das erste Mal! Sie müssen um sie werben, sie bezaubern, die kleine unschuldige Nymphe.«

»Was zum Teufel ist hier los?« wollte der General wissen. »Wo bleibt der Lagebericht? Ihr solltet inzwischen die Ausgangsposition erreicht haben. Hat sich das Mädchen nicht in Marsch gesetzt?«

»Ach, Vater ich *kann nicht.* Ich dachte, ich könnte es, aber ich *kann's nicht.«*

»Pinfold, es ist etwas schiefgegangen. Sofort aufklären, bitte. Schicken Sie eine Patrouille los.«

»Suchen Sie sie doch, Gilbert. Sie müssen Sie verführen, sie wartet ja nur darauf.«

Mißmutig machte Mr. Pinfold sich auf den Weg. Auf dem leeren Korridor hörte man Glovers Schnarchen und Margarets jämmerliches Weinen. Er schaute ins Badezimmer und um die Flurecken, die Treppen hinauf und hinab – kein Mensch. Er ging sogar in die Toiletten, bei den Herren und den Damen – da war niemand, nur überall das erbärmliche Winseln. Er kehrte zu seiner Kabine zurück, ließ die Tür offen und zog den Vorhang vors Fenster. Er war müde und erschöpft und hatte das Interesse verloren.

»Tut mir leid, Margaret«, sagte er, »aber ich bin zu alt, um mit Schulmädchen Verstecken zu spielen. Wenn du mit mir schlafen willst, mußt du selbst zu mir ins Bett kommen.« Er zog seinen Schlafanzug an, legte sich hin und zog die Decke bis ans Kinn. Als er die Lampe ausknipste, störte ihn das Licht, das vom Korridor hereinschien, also stand er auf und schloß die Tür. Gerade als er sich bequem auf die Seite gelegt hatte und kurz vor dem Einschlafen war, hörte er die Tür kurz aufschwingen und gleich wieder ins Schloß fallen, und jemand huschte in Pantoffeln davon. Margaret jammerte noch verzweifelter. »Ich war bei ihm. Da drinnen, bei ihm drinnen. Er lag im Dunkeln und schnarchte.«

»O Margaret, liebstes Kind. Du hättest nicht gehen sollen. Dein Vater ist schuld daran.«

»Das muß ich zugeben, Mädchen«, sagte der General. »Falsche Beurteilung der Lage.«

Zuletzt, bevor er einschlief, hörte Mr. Pinfold noch Gonerils verhaßte Stimme. »Das war kein Schnarchen. Er tut nur so, weil er weiß, daß er impotent ist. Das bist du doch, Gilbert, impotent, gib es zu.«

»Das Schnarchen kam von Glover«, antwortete Mr. Pinfold, aber es hörte ihm keiner zu.

Die Schurken werden entlarvt – aber nicht zu Fall gebracht

Mr. Pinfold schlief nicht sehr lange. Wie üblich wachte er davon auf, daß über ihm das Deck geschrubbt wurde. Sofort faßte er den festen Entschluß, sich eine andere Kabine geben zu lassen. Seine Beziehung zu Margaret betrachtete er als gelöst, ja er wollte die ganze Familie lossein und in einer Kabine ohne Kabelsalat seine Ruhe haben. Außerdem wollte er auf den Platz am Tisch des Kapitäns verzichten, auf den er von Anfang an keinen Wert gelegt hatte. Mochte jemand anders diese Ehre haben, Mr. Pinfold wollte den Rest der Reise ungestört für sich sein.

Als die Sprechanlage kurz vor dem Frühstück wieder eingeschaltet wurde, fühlte er sich in seinem Entschluß bestätigt. Er hatte jetzt Kontakt mit dem Funker des Schiffes, was naheliegend erschien, aber er hörte nicht die normalen Funksignale, sondern eine Unterhaltung zwischen dem Funker und einer Gruppe von Frühaufstehern, den flotten jungen Leuten. Er las ihnen gerade Mr. Pinfolds Telegramm nach Lychpole vor.

»*Alle an Bord sehr hilfsbereit. Grüße. Gilbert.*«

»Guter Witz.«

»Hilfsbereit?«

»Ob der Arme das immer noch glaubt?«

»*Grüße.* Grüße von Gilbert. Klingt komisch.«

»Zeig uns noch ein anderes.«

»Ehrlich gesagt, ich darf das nicht. Dienstliche Schweigepflicht.«

»Ach komm, du Funkfritze, spiel dich nicht auf.«

»Na ja, dies hier ist besonders lustig: Vollständig gesund. Herzlichst ...«

»Gesund? Haha.«

»*Vollständig* gesund.«

»Unser Gilbert und *vollständig gesund.* Wundervoll. Los, alter Funker, lies noch was vor.«

»Ich habe noch nie erlebt, daß jemand so viel für Telegramme ausgibt. Es ging meistens nur um Geld und er war so betrunken, daß er kaum lesen konnte, was er selbst geschrieben hatte. Hier sind noch welche: ›*Bitte sofort Luxusbad buchen. Unzuverlässigkeit Ihrer Angestellten aufklären.*‹ Davon hat er Dutzende verschickt.«

»Wie gut, daß es Gilbert gibt! Was gäbe es sonst zu lachen.«

»War sein Luxusbad unzuverlässig?«

»Nein, nein, er ist unzuverlässig im Bad.«

Diese Szene, fand Mr. Pinfold, war etwas völlig anderes als alle vorangegangenen. Jetzt waren die jungen Leute zu weit gegangen. Für Schabernack und Streiche konnte man Verständnis aufbringen, aber vertrauliche Telegramme zu lesen, war gegen das Gesetz. Als sich Mr. Pinfold zum Frühstück begab, stand sein Entschluß fest: er würde sie anzeigen.

Er traf den Kapitän auf seinem morgendlichen Rundgang.

»Kapitän Steerforth, könnte ich Sie einen Augenblick sprechen?«

»Aber gewiß.« Er sah ihn fragend an.

»In Ihrer Kajüte?«

»Bitte sehr, wenn Sie es wünschen. Ich werde in zehn Minuten dort sein, genügt Ihnen das?«

»Danke, das genügt. In zehn Minuten.«

Mr. Pinfold kletterte auf die Brücke und betrat die Kajüte. Sie war solide möbliert und enthielt nur wenig Persönliches: ein paar Familienfotos in Lederrähmchen, an der getäfelten Wand ein Kupferstich von einer englischen Kathedrale, der dem Kapitän gehören mochte oder der Schiffahrtsgesellschaft, und ein paar Pfeifen in einem Holzgestell. Es war schwer, sich eine Orgie oder eine Folterszene an diesem Ort vorzustellen.

Gleich darauf trat der Kapitän ein. »Nun, Sir, was kann ich für Sie tun?«

»Erstens wüßte ich gerne, ob Telegramme auf Ihrem Schiff als vertrauliche Dokumente behandelt werden?«

»Ich verstehe leider nicht, was Sie meinen.«

»Kapitän Steerforth, ich habe, seit ich an Bord bin, eine Anzahl von Telegrammen rein privater Natur aufgegeben. Heute morgen wurden sie von Passagieren, die sich beim Funker aufhielten, laut verlesen.«

»Das läßt sich leicht überprüfen. Wie viele Telegramme waren es?«

»Genau weiß ich es nicht, aber ungefähr ein Dutzend.«

»Und wann wurden sie von Ihnen aufgegeben?«

»Von Zeit zu Zeit in den ersten Wochen der Reise.«

Kapitän Steerforth war verblüfft. »Wir sind erst fünf Tage unterwegs, mein Herr.«

»Oh«, sagte Mr. Pinfold verwirrt, »sind Sie sicher?«

»Natürlich. Ganz sicher.«

»Es kommt mir länger vor.«

»Nun, wollen wir in den Funkraum gehen und nachsehen?«

Es waren nur ein paar Schritte zu gehen. »Hier ist Mr. Pinfold, ein Passagier.«

»Ja, Sir. Schon bekannt, Sir.«

»Er möchte sich nach seinen Telegrammen erkundigen.«

»Kein Problem, Sir. Wir hatten sonst praktisch keinen privaten Funkverkehr.« Er öffnete einen Ordner. »Ja, hier ist es schon. Es war vorgestern. Wurde gleich, nachdem es aufgegeben war, gesendet.«

Auf dem Zettel war Mr. Pinfolds Handschrift: *»Wieder gesund. Herzlichst ...«*

»Und wo sind die anderen?« fragte Mr. Pinfold.

»Es gab keine anderen, Sir.«

»Doch, ungefähr ein Dutzend.«

»Nur dies eine, mit Sicherheit. Ich müßte es sonst wissen.«

»Aber da war doch eines, in Liverpool, am Abend, als ich an Bord kam.«

»Das wurde noch von der Post übermittelt, Sir.«

»Und davon haben Sie hier keinen Text?«

»Nein, Sir.«

»Wieso dann, bitte sehr, konnten ihn einige Passagiere heute morgen um acht Uhr in diesem Raum laut vorlesen?«

»Unmöglich, Sir.« Der Funker wechselte einen Blick mit dem Kapitän. »Um acht Uhr hatte ich Dienst hier. Es waren keine Passagiere hier.«

»Sind Sie mit der Auskunft zufrieden, Mr. Pinfold?« fragte der Kapitän.

»Nicht so ganz. Können wir wieder in Ihre Kajüte gehen?«

»Wenn Sie es wünschen.«

Als sie allein waren, sagte Mr. Pinfold: »Kapitän Steerforth, man hat mir einen Streich gespielt.«

»Den Eindruck habe ich auch«, meinte der Kapitän.

»Und das nicht zum ersten Mal. Seit ich an Bord bin – Sie sagen, das sind erst fünf Tage?«

»Eigentlich nur vier.«

»Nun, seit ich an Bord bin, werde ich belästigt und bedroht. Allerdings möchte ich niemanden beschuldigen, ich kenne die Namen der Leute nicht, ich weiß nicht einmal, wie sie aussehen.

Ich möchte keine offizielle Untersuchung beantragen – noch nicht. Aber eins steht jetzt schon fest: die Anstifter sind eine vierköpfige Familie.«

Der Kapitän nahm die Passagierliste zur Hand. »Meines Wissens ist keine Familie an Bord, mit Ausnahme der Angels. Das sind sehr ruhige Leute, denen ich nicht zutraue, daß sie ihre Mitreisenden ärgern wollen.«

»Einige Reisende stehen gar nicht auf Ihrer Liste.«

»Ausgeschlossen.«

»Zum Beispiel Fosker.«

Der Kapitän blätterte. »Richtig, der Name Fosker ist nicht darunter.«

»Und der dunkelhaarige Herr, der im Speisesaal allein sitzt?«

»Mr. Murdoch? Er steht auf der Liste, hier. Er ist mir seit langem bekannt, er reist häufig mit uns.«

Mr. Pinfold war wie vor den Kopf geschlagen. Aber die Erwähnung von Mr. Murdoch hatte ihm sein anderes Anliegen in Erinnerung gerufen.

»Noch etwas, bitte. Ich weiß die Ehre zu schätzen, Kapitän, daß Sie mich an Ihren Tisch geladen haben. Aber ehrlich gesagt bin ich im Moment nicht so recht gesellschaftsfähig. Ich habe gegen mein Rheuma Tabletten eingenommen, ein neues Mittel, ziemlich stark wirkendes Zeug. Ich sollte mich lieber für mich halten. Wenn Sie mich also entschuldigen wollen ...«

»Sie können sitzen, wo Sie möchten, Mr. Pinfold. Wenden Sie sich bitte an den Steward.«

»Ich möchte klarstellen, Kapitän, daß ich nicht einer Drohung nachgebe, ich bin nur einfach nicht ganz in Ordnung.«

»Ich verstehe, Mr. Pinfold.«

»Ich behalte mir vor, die Maßnahme rückgängig zu machen, wenn es mir besser geht.«

»Bitte, Mr. Pinfold, setzen Sie sich, wohin Sie möchten. Das war es, was Sie mir sagen wollten?«

»Das war noch nicht alles. Ich möchte Sie noch auf meine Kabine hinweisen, dort müßten die Leitungen dringend überprüft werden. Vielleicht ist Ihnen nicht bekannt, daß ich zeitweise alles mithören kann, was hier oder auf der Brücke oder anderswo im Schiff gesprochen wird.«

»Das ist mir nicht bekannt«, sagte der Kapitän. »Es klingt auch sehr ungewöhnlich.«

»Diejenigen, die ihren Ulk mit mir treiben, bedienen sich dieses Defekts. Ich fühle mich sehr gestört und hätte gern eine andere Kabine.«

»Das dürfte kein Problem sein, es sind zwei oder drei Kabinen unbesetzt. Wenn Sie sich bitte an den Zahlmeister wenden würden? Wäre *das* nun alles, Mr. Pinfold?«

»Ja, vielen Dank«, sagte Mr. Pinfold. »Ich bin Ihnen äußerst dankbar. Und nichts für ungut, daß ich den Platz im Speisesaal wechseln möchte. Bitte halten Sie mich nicht für unhöflich.«

»Keineswegs, Mr. Pinfold. Guten Morgen.«

Über den Verlauf dieser Unterredung war Mr. Pinfold nicht sehr glücklich. Er hatte den Verdacht, entweder zuviel oder zuwenig gesagt zu haben. Einiges hatte er jedoch erreicht, und er suchte sofort erst den Zahlmeister und dann den Obersteward auf. Im Speisesaal bekam er den Tisch, an dem bisher Mr. Murdoch gesessen hatte, und von den Kabinen, die ihm zur Wahl standen, nahm er eine dicht bei der Außenbar, von wo man direkt auf das Promenadendeck gelangen konnte. Hier, fühlte er, war er vor einem Angriff sicher.

Er kehrte zu seiner alten Kabine zurück, um sich um den Umzug zu kümmern. Sofort begannen die Stimmen wieder, aber er war so mit dem englisch sprechenden Steward beschäftigt, daß er ihnen nicht zuhörte, bis seine Kleider und die anderen Siebensachen eingepackt und weggebracht worden waren. Dann warf er noch einen Blick auf die Stätte seiner Leiden und lauschte einen Augenblick. Wenn er auch an diesem Vormittag nicht alles erreicht hatte, so befriedigte es ihn doch sehr, daß er seinen Feinden einen tüchtigen Schlag versetzt hatte.

»Du mieser alter Schnüffler« – Gonerils Stimme bebte vor Haß und ein wenig auch vor Angst – »hast du uns beim Kapitän verpetzt? Das wirst du uns büßen. Hast du den Dreiachteltakt vergessen? Hast du ihm unsere Namen verraten? Hast du das getan? Antworte!«

Margarets Bruder wollte sich einschmeicheln. »Hör mal, Gilbert, alter Junge, wir wollen doch nicht andere Leute in die Sache hineinziehen, nicht wahr? Wir regeln das unter uns, Gilbert.«

Margaret machte ihm Vorwürfe; nicht etwa wegen der Vorfälle in der Nacht; alle diese Gefühlsstürme hatten sich anscheinend gelegt, und es war Ruhe eingekehrt wie nach einem Sommergewitter. Das nächtliche Fiasko sollte zwischen ihnen nie wieder zur Sprache kommen. Statt dessen schalt sie ihn zärtlich aus, daß er den Kapitän eingeweiht hatte. »Es ist *gegen die Regeln,* Geliebter, siehst du das nicht ein? Wir *müssen* uns alle an die Regeln halten.«

»Für mich gibt's keine Regeln.«

»O doch, Liebster, wie für uns alle. Wir können dem nicht ausweichen. Und wir dürfen die Regeln niemandem verraten. Wenn du etwas nicht verstehst, frag nur mich.«

Armes Ding, dachte Mr. Pinfold, sie ist in schlechte Gesellschaft geraten und früh verdorben. Nach den Peinlichkeiten der vergangenen Nacht hatte er keinerlei Vertrauen mehr zu Margaret, aber ein wenig liebte er sie noch, und deshalb fand er es unritterlich, so unvermittelt mit ihr zu brechen, wie er es vorgehabt hatte. Es war so einfach gewesen, sich diesen aggressiven Jugendlichen zu entziehen; sie hatten sich so sehr auf ihr mechanisches Spielzeug verlassen. Und nun zerbrach er es einfach.

»Margaret«, sagte er, »von euren Regeln weiß ich nichts, und ich spiele euer Spiel nicht mit. Aber ich würde dich gern einmal sehen. Sprich mich draußen auf dem Deck an, wann immer du willst.«

»Liebster, du weißt, wie ich mich danach sehne. Aber ich kann nicht, das verstehst du doch?«

»Nein«, antwortete Mr. Pinfold, »ehrlich gesagt, nein. Mach was du willst, ich gehe jetzt«, und damit verließ er die Gespensterkabine zum letztenmal.

In seiner neuen Kabine konnte er, während der Steward auspackte, Unterhaltung und Gelächter aus der Bar hören. Es war die Cocktailstunde vor dem Essen, das Wettergebnis wurde gerade verkündet. Wie einfach war es gewesen, seine Probleme loszuwerden!

Er überdachte noch einmal seine Unterredung mit dem Kapitän. *»... keine Familie an Bord mit Ausnahme der Angels.«* Angel? Mr. Pinfold fiel es wie Schuppen von den Augen. Angel, der aufdringliche Reporter von BBC – *»Keine Drähte, Liebling. Drahtlos«* – Angel, der von seinem Beruf her über die technischen Fähigkeiten verfügte, das defekte Kabelsystem des Schiffes auszunutzen, es vielleicht absichtlich zu verwirren. Angel, der Mann mit dem Bart – *»Was machen Friseure, außer Haareschneiden?«* –, Angel, der in der Nähe von Lychpole eine Tante hatte und dort den Klatsch und Tratsch der ganzen Grafschaft aufgeschnappt haben konnte. Hatte nicht Angel *»erwartet«*, daß Cedric Thorne sich umbringen werde? Und Angel hegte einen Groll, seit er sich in Lychpole bei dem Interview nicht hatte durchsetzen können; als er Mr. Pinfold allein, krank und hilflos antraf, sah er wohl die Gelegenheit zur Vergeltung gekommen. Angel war der Schurke, und die Schurkin war seine üble Genossin – oder Mitarbeiterin? Geliebte? –, die Mr. Pinfold für sich Goneril genannt hatte. Aber in diesem Moment hatte Angel es zu weit getrieben. Jetzt hatte er Angst, daß seine Vorgesetzten in London von seinen Umtrieben erfahren könnten. Das aber würden sie, dafür würde Mr. Pinfold bei seiner

Rückkehr nach England schon sorgen! Er könnte ihnen sogar vom Schiff aus schreiben. Höchstwahrscheinlich wollte Angel für diese Reise sogar Spesen von BBC kassieren, aber dabei würden andere noch ein Wörtchen mitzureden haben.

Auch in diesem neuen, erhellenden Licht, das jetzt auf die Vorfälle der letzten paar Tage fiel, blieben einige Abschnitte der Geschichte dunkel und unverständlich, wie bei der Lektüre eines altmodischen verwickelten Kriminalromans, den man nicht aufmerksam genug gelesen hat. Mr. Pinfold wußte jetzt, wer der Missetäter war, und blätterte zurück auf der Suche nach den verräterischen Hinweisen, die er nicht mitbekommen hatte.

Der Anschein harmloser Normalität, den die ›Caliban‹ um die Mittagszeit anzunehmen pflegte, erwies sich wie schon öfter als eine Illusion.

Der Umzug in die neue Kabine war, taktisch gesehen, ein Schlag ins Wasser. Mr. Pinfold stand da wie ein Kommandeur, dessen Vorstoß ins Leere gegangen ist. Die Stellung, die er erobert und für die Schlüsselposition des Gegners gehalten hatte, war nichts als ein Blendwerk, hinter dem sich ein weit verzweigtes und stark befestigtes System verbarg; die Kräfte, die er vernichtet zu haben glaubte, hatten Verstärkung erhalten und traten zum Gegenangriff an.

Noch bevor Mr. Pinfold hinunterging, um erstmals allein am Tisch zu essen, entdeckte er, daß Angels Operationsgebiet sich nicht auf seine zuerst bewohnte Kabine und seine Salonecke beschränkte. Von einem mobilen Kontrollzentrum aus war er mit jedem Teil des Schiffes verbunden; in den folgenden Tagen konnte Mr. Pinfold, wo immer er sich auch aufhielt, alles mithören, was in Angels Hauptquartier vor sich ging. Da er nun an einem Einzeltisch saß, allein spazierenging und sich auch sonst abseits hielt – kaum daß er Glover oder Mrs. Scarfield kurz zunickte –, unterhielt Mr. Pinfold sich Stunde um Stunde, Tag für Tag und Nacht für Nacht mit niemandem als mit seinen Feinden, und deckte so Stück für Stück ein verbrecherisches Komplott auf, das in den klassischen Kriminalromanen nicht seinesgleichen hatte.

Mr. Pinfolds Kabinenwechsel hatte Angel und sein Personal (ungefähr ein Dutzend Männer und Frauen, alle jung und mehr oder weniger dieselben wie das Dreiachtelorchester) für kurze Zeit verunsichert; auch die Aufregung am Vortage, als es hieß, Mr. Pinfold sei über Bord gegangen, war wohl nicht gespielt. Jedenfalls bemühte Angel sich, Mr. Pinfold total unter Beobachtung zu halten. Jede seiner Bewegungen wurde unverzüglich dem Hauptquartier gemeldet. Diese Meldungen waren militärisch kurz und sachlich.

»Gilbert hat sich zu Tisch gesetzt ... liest die Speisekarte ... bestellt seinen Wein ... hat sich eine Schinkenplatte bestellt.«

Wenn er wegging, folgten ihm verschiedene Beobachter.

»Gilbert marschiert Richtung Hauptdeck. B., bitte übernehmen.«

»O. K., A. Gilbert nähert sich Ausgang Backbord. Erreicht jetzt das Deck. Übernehmen, C.«

»O. K., B. Gilbert umrundet Deck. Nähert sich Hauptausgang steuerbords. Weitergabe an B.«

»Er setzt sich jetzt zum Lesen in den Salon.«

»O. K., B. Bleib auf dem Posten und melde jede Bewegung. Um drei Uhr wirst du abgelöst.«

Mr. Pinfold musterte alle, die im Salon saßen und fragte sich, wer von ihnen wohl B. war. Später stellte sich heraus, daß Angel mindestens die Hälfte der Passagiere angeworben hatte. Sie hielten es wohl für ein harmloses Gesellschaftsspiel. Die wenigen, die sich daran nicht beteiligten, hatten entweder keine Ahnung – so wie Glover und die Scarfields – oder hielten das Ganze für unter ihrer Würde. Die Stabsgruppe leitete die Einsätze, trug Berichte zusammen und erteilte neue Anweisungen. Alle paar Stunden fand eine Lagebesprechung statt, bei der Angel die Meldungen seiner Spione entgegennahm, die er zu einem Bericht zusammenfaßte und einer Sekretärin diktierte. Ihm machte das alles offenbar einen Mordsspaß.

»Fabelhaftes Material. Ausgezeichnet ... Nein so etwas, hier hat Gilbert sich verraten ... Vorzüglich ... Hier hätten wir gerne noch mehr Einzelheiten ...«

Alles, was Mr. Pinfold irgendwann in seinem Leben oder auch kürzlich gesagt, getan oder gedacht hatte, schien von großer Bedeutung. Angel war zwar sarkastisch, aber gleichzeitig sehr interessiert. Zwei ältere Männer – nicht die Generale, mit denen sie jedoch mehr Ähnlichkeit hatten als die übermütigen jungen Leute – stellten Mr. Pinfold ganz unverblümte Fragen. Dies Verhör war offenbar der Hauptzweck des ganzen Unternehmens, und es fand immer dann statt, wenn Mr. Pinfold sich im Salon oder in seiner Kabine aufhielt. Während der ersten vierundzwanzig Stunden war er sogar bis zu einem gewissen Grade bereit, sich ausfragen zu lassen, weil ihn der Anlaß und die Methoden der Untersuchung interessierten. Anscheinend waren die Inquisitoren im Besitz eines umfangreichen, jedoch lückenhaften Dossiers über sein gesamtes Privatleben. Sie bemühten sich, die Lücken auszufüllen, und gingen dabei wie Ermittlungsrichter oder Bürokraten vor.

»Wo waren Sie im Januar 1929, Pinfold?«

»Keine Ahnung.«

»Dann helfe ich Ihrem Gedächtnis nach. Hier ist ein Brief von Ihnen aus dem Mena Hotel in Kairo. Waren Sie 1929 in Ägypten, Pinfold?«

»Ja, vermutlich.«

»Was wollten Sie dort?«

»Nichts Besonderes.«

»Nichts Besonderes? So geht es nicht, Pinfold, ich erwarte eine bessere Antwort.«

»Ich war eben auf Reisen.«

»Auf Reisen? Natürlich. Wie wären Sie denn sonst nach Ägypten gekommen? Sagen Sie die Wahrheit, Pinfold. *Was wollten Sie* 1929 in Ägypten?«

Ein andermal: »Wieviel Paar Schuhe besitzen Sie?«

»Das weiß ich nicht.«

»Sie müssen es wissen. Sagen wir ein Dutzend?«

»Ja, vielleicht.«

»Wir haben vermerkt, daß Sie zehn besitzen.«

»Kann sein.«

»Warum sagten Sie dann ein Dutzend? Er sprach von einem Dutzend, nicht wahr?«

»Laut und deutlich.«

»Pinfold, das gefällt mir nicht. Sie müssen bei der Wahrheit bleiben. Nur die Wahrheit kann Sie noch retten.«

Manchmal beschäftigten sie sich mehr mit der Gegenwart.

»Sie haben sich mehr als einmal über die Wirkung gewisser grauer Tabletten beschwert. Woher haben Sie sie?«

»Von meinem Hausarzt.«

»Hat er sie selbst hergestellt?«

»Nein, ich glaube nicht.«

»Dann antworten Sie bitte exakt. Woher haben Sie die grauen Tabletten?«

»Weiß ich nicht mehr. Vermutlich aus einer Apotheke.«

»Genau. Würde es Sie überraschen, daß die Hersteller Wilcox & Bredworth sind?«

»Nein, nicht besonders.«

»Nicht besonders? Pinfold, sehen Sie sich vor! Wissen Sie nicht, daß Wilcox & Bredworth eine sehr bekannte Firma ist?«

»Ja.«

»Und Sie behaupten, sie stellen gefährliche Drogen her?«

»Bestimmt stellen sie große Mengen giftiger Medikamente her.«

»Und Sie beschuldigen Wilcox & Bredworth einer Verschwörung mit Ihrem Hausarzt, um Sie zu vergiften?«

»Das meine ich natürlich nicht.«

»Ja, was wollen Sie *dann* behaupten?«

Manchmal brachten die tyrannischen Stimmen Beschuldigungen vor, die so aberwitzig waren wie die der jungen Rowdys und der Klatschbasen. Sie bedrängten ihn nach Einzelheiten über den Selbstmord eines Stabsoffiziers im Nahen Osten, an dem Mr. Pinfold mitschuldig sein sollte; dabei war der Mann, wie Mr. Pinfold erfahren hatte, bei Kriegsende noch ganz gesund und munter gewesen. Sie wiederholten die früheren Anklagen in bezug auf Mr. Hills Vertreibung und das Armenbegräbnis von Mr. Pinfolds alter Mutter. Sie fragten ihn nach einer Behauptung, die er niemals geäußert hatte, daß er der Neffe eines Bischofs der Anglikanischen Kirche sei.

Hin und wieder veranstaltete Angel in diesen Tagen wüste Radauszenen, halb spaßhaft, halb bedrohlich, aber da Mr. Pinfold schon die Vorbereitungen mithörte, ließ er sich nicht mehr so aus der Ruhe bringen wie beim ersten Mal.

Eines Morgens hörte er Angels Ankündigung: »Heute ziehen wir die Aktion ›Sturm‹ auf«, und wirklich drehte sich, als die Passagiere sich am Vormittag an Deck trafen, fast die gesamte Unterhaltung, soweit Mr. Pinfold sie verstehen konnte, um eine Sturmwarnung. »...Der Kapitän sagt, wir fahren genau darauf zu.«

»Einer der schlimmsten Stürme, die er je im Mittelmeer erlebt hat...«

Es war windstill, die Sonne schien. Mr. Pinfold hatte keine Angst vor stürmischem Wetter – im Gegenteil. Nach etwa einer Stunde brach Angel den Einschüchterungsversuch ab. »Aktion beendet. Es hat keinen Zweck. Gilbert hat keine Angst.«

»Er wird niemals seekrank«, sagte Margaret.

»Auf seinen Lunch verzichtet er ganz gern«, zischte Goneril. »Ihm ist das Essen nicht gut genug.«

»Aktion Börsenkrach«, befahl Angel.

Diese Veranstaltung war noch lächerlicher als die vorige.

Die Methode war dieselbe, nämlich eine Reihe von Gesprächen, die er zu hören bekam. Es ging um eine Währungskrise, die die Aktienbörsen erschüttert hatte. Während die Passagiere an ihm vorbeischlenderten oder über ihrem Strickzeug saßen, drehte sich die Unterhaltung um Preisstürze bei Aktien und Anteilen, um Selbstmorde bekannter Finanzbosse und um Bankenkonkurse. Sie nannten Zahlen und Firmennamen, für die, selbst wenn er dies alles geglaubt hätte, Mr. Pinfold wenig Interesse aufbrachte.

»Wie man hört, hat Mr. Pinfold sein gesamtes Vermögen verloren«, sagte Mrs. Benson zu Mrs. Cockson (mit der sie sich nun wieder auf englisch unterhielt).

Mr. Pinfold hatte gar kein Vermögen. Er besaß ein paar Wiesen, ein paar Bilder, einige wertvolle alte Bücher, die Urheberrechte für seine Romane und einen kleinen Überziehungskredit bei seiner Bank. Er hatte nie im Leben einen Penny übrig gehabt, den er hätte anlegen können. Selbst die Anfangsgründe der Börsenspekulation waren ihm ein Buch mit sieben Siegeln. Seltsam, dachte er, daß diese Leute sich so viel Mühe gaben, sein Privatleben auszuforschen, und so wenig davon wußten.

»Aktion abbrechen«, kommandierte Angel schließlich.

»Ist etwas schiefgegangen?«

»Das wüßte ich gern selbst. Gilbert spricht auf die Behandlung nicht mehr an wie am Anfang, als wir ihn in Trab hielten. Jetzt scheint er ständig betrunken zu sein.«

»Er ist wie betäubt.«

»Er bekommt nicht genug Schlaf.«

Dies traf allerdings zu. Seit das Schlafmittel aufgebraucht war, fand Mr. Pinfold selten mehr als etwa eine Stunde unruhigen Halbschlummers an einem Stück. Die Nächte waren für ihn eine Qual. Abends saß er nach dem Dinner abseits von den anderen Gästen im Salon, ließ sich durch ihre Unterhaltungen ein wenig von den Stimmen seiner Feinde ablenken und machte sich Gedanken, wer von ihnen zu seinen Freunden zählte oder sich wenigstens neutral verhielt. Wenn alle sich zurückgezogen hatten und die Lichter gelöscht wurden, ging auch er in seine Kabine und zog sich aus. Er wußte, was dann kam, und hatte jeden Versuch aufgegeben, sein Nachtgebet zu sprechen; die altehrwürdigen, heiligen, vertrauten Worte riefen doch nur eine wahnwitzige, gotteslästerliche Parodie von Goneril hervor.

Ohne Hoffnung auf Ruhe legte er sich nieder. Angel hatte in seinem Hauptquartier ein elektrisches Gerät, welches Mr. Pinfolds Bewußtseinsstand genau anzeigte. Mr. Pinfold stellte es sich als eine Glasröhre vor, in der zwei parallel angeordnete rote Lichtlinien sich ständig zueinander oder auseinander bewegten wie Telegrafendrähte, wenn man sie vom fahrenden Zug aus sieht. Sie näherten sich einander, wenn er schläfrig wurde, und trafen sich, wenn er einschlief. Ein Beobachter meldete den Verlauf.

»... Völlig wach ... wird langsam schläfrig ... sie berühren sich fast ... nur eine Linie sichtbar ... sie überkreuzen sich ... nein, wieder hellwach ...« Und wenn er nach kurzen Phasen der Bewußtlosigkeit wieder zu sich kam, war sein erster Eindruck immer die Beobachterstimme: »Gilbert ist wieder wach. Einundfünfzig Minuten.«

»Besser als letztes Mal.«

»Aber es reicht nicht.«

Eines Nachts versuchten sie ihn mit Hilfe einer Schallplatte, die ein schweizerischer Wissenschaftler eigens dafür hergestellt hatte, einzulullen. Dieser Forscher hatte in Versuchen, die er in einer Nervenheilanstalt speziell für Industriearbeiter angestellt hatte, die schlaferzeugende Wirkung von Fabrikgeräuschen herausgefunden. Mr. Pinfolds Kabine war erfüllt vom Dröhnen und Stampfen von Maschinen.

»Ihr verdammten Idioten«, rief er verzweifelt aus, »ich bin kein Fabrikarbeiter. Ihr macht mich noch wahnsinnig!«

»Im Gegenteil, Gilbert – du bist ja schon wahnsinnig«, sagte der Beobachter. »Aber wir werden dich noch ganz um den Verstand bringen.«

Der Höllenlärm hörte nicht auf, bis Angel selbst auf einem Kontrollgang vorbeikam.

»Gilbert noch nicht eingeschlafen? Zeig das Logbuch her – da steht's: *3.12 Uhr ›Ihr verdammten Idioten, ich bin kein Fabrikarbeiter.‹* Ist er ja auch nicht. *›Ihr macht mich noch wahnsinnig‹* – da hat er auch recht. Stell die Platte ab, gib ihm etwas Idyllisches.«

Darauf ertönte eine Zeitlang Nachtigallengesang, aber Mr. Pinfold konnte trotzdem nicht einschlafen. Er stand auf, ging an Deck und lehnte sich über die Reling.

»Los, Gilbert, spring, mach schon«, flüsterte Goneril. Mr. Pinfold hatte nicht die mindeste Lust, ihr zu gehorchen. »Bist du wasserscheu?«

»Apropos, ich weiß alles über diesen Schauspieler«, sagte Mr. Pinfold, »den, der ein Freund von Angel war und sich im Ankleidezimmer erhängt hat.«

Damit deutete er zum erstenmal an, daß er Angel kannte.

Sofort hörte Angel auf, Wohlwollen und gute Laune vorzutäuschen. Wütend schrie er: »Warum nennen Sie mich Angel? Was zum Teufel soll das heißen?«

»*Sie* heißen so. Ich weiß genau, welche Rolle Sie für BBC spielen und was Sie Cedric Thorne angetan haben. Ich weiß auch genau, was Sie mir antun wollen.«

»Sie Lügner, Sie wissen gar nichts.«

»Lügner«, echote Goneril.

»Ich habe euch gewarnt.« Das war Margaret. »Gilbert ist nicht dumm.«

Das Hauptquartier versank in Schweigen. Mr. Pinfold kehrte in seine Kabine zurück, ging zu Bett und schlief, bis der Steward mit dem Morgentee hereinkam. Angel meldete sich sofort. Er war jetzt milder gestimmt. »Hören Sie zu, Gilbert, Sie haben alles falsch verstanden. Was wir hier tun, geschieht nicht im Auftrag von BBC, sondern ist eine Privatangelegenheit. Was Cedric angeht – daran waren wir nicht schuld. Es wurde alles Menschenmögliche für ihn getan, aber es war zu spät, es war ein hoffnungsloser Fall. Warum antworten Sie mir nicht? Können Sie mich hören, Gilbert? Warum antworten Sie nicht?«

Aber Mr. Pinfold hielt den Mund. Das Komplott war so gut wie aufgedeckt.

Wie er eigentlich hinter das Geheimnis gekommen war, konnte Mr. Pinfold danach weder sich selbst noch irgend jemandem sonst bis zum letzten erklären. Er hatte so vieles zu hören bekommen, direkt oder indirekt, so viele Schlüsse gezogen, so viele falsche Fährten verfolgt und so manchen absurden Verdacht gehegt, aber schließlich war er sich sicher, die Wahrheit ergründet zu haben. Er setzte sich hin und schrieb einen ausführlichen Brief an seine Frau.

Meine Liebste,
wie ich Dir schon telegrafisch mitteilte, bin ich von allen Beschwerden und Schmerzen geheilt. Insofern ist die Reise ein Erfolg, aber die ›Caliban‹ war keine glückliche Wahl, und ich habe mich deshalb entschlossen, in Port Said an Land zu gehen und weiter zu fliegen.

Erinnerst Du Dich an den bärtigen Typ vom Rundfunk, der mich in Lychpole aufsuchte? Er ist mit seinem ganzen Team an Bord. Sie wollen nach Aden und dort arabische Volksmusik aufnehmen. Der Mann heißt Angel. Seinen Bart hat er abrasiert, weshalb ich ihn zuerst nicht erkannte. Seine Familie ist auch hier – eine recht nette Schwester dabei –, sie reisen offenbar zum Vergnügen mit. Anscheinend Verwandte von den meisten unserer Nachbarn, Du könntest Dich danach erkundigen. Diese BBC-Leute an Bord waren mir äußerst lästig. Sie haben viele technische Geräte dabei, hochmodern und zum Teil ganz neuartig, darunter so etwas wie eine verbesserte Version von Reggie Uptons Box. Ich werde mich nie wieder über den armen Boxer lustig machen, denn es ist doch allerhand Wahres daran, mehr als er selbst sich vorstellt. Mit Angels Box kann man sprechen und hören, so daß ich meine Tage und Nächte hauptsächlich im Gespräch mit Leuten zubringe, die ich nicht sehen kann. Sie unterziehen mich einer Psychoanalyse. Es klingt absurd, ich weiß. Aber die Deutschen haben diese Box gegen Ende des Krieges erfunden, um Gefangene auszuhorchen, und die Russen haben sie dann weiterentwickelt. Damit können sie auf die früher üblichen körperlichen Zwangsmaßnahmen verzichten und die geheimen Gedanken selbst der hartnäckigsten Schweiger ergründen. Die Existentialisten in Paris benutzten die Methode, um Patienten zu analysieren, die sich nicht freiwillig behandeln lassen wollten. Zuerst machen sie den Patienten nervös, indem sie ihm alle möglichen gewalttätigen Szenen vorspielen, die er für echt hält. Er wird so verwirrt, daß er natürliche Geräusche nicht mehr von denen unterscheiden kann, die sie ihm vormachen. Außerdem bringen sie die unglaublichsten Vorwürfe gegen ihn vor. Wenn sie ihn damit fix und fertig gemacht haben, beginnen sie mit der Psychoanalyse. Eine Teufelserfindung, wie Du Dir vorstellen kannst, wenn sie in die falschen Hände kommt. Angels Hände sind weiß Gott nicht die richtigen, er ist ein Dilettant und ein aufgeblasener Esel noch dazu. Der junge Mann, der meine Fahrkarten zum Hotel brachte, sollte meine ›Bio-Strahlung‹ messen. Das hätten sie ebensogut an Bord tun können. Vielleicht braucht man aber auch für jeden Menschen ein Spezialgerät, das es nur in London gibt, was weiß ich. Es gibt noch vieles an der ganzen Angelegenheit, das ich nicht weiß. Sobald ich zurückkomme, ziehe ich Erkundigungen ein, ich bin ja nicht der erste, bei dem sie es versuchen. Einen Schauspieler haben sie schon bis zum Selbstmord getrieben, und bei dem armen Roger Stillingfleet haben sie es wohl auch versucht. Es würde mich nicht wundern, wenn noch mehrere unserer Freunde, die sich letzthin ziemlich seltsam benommen haben, ebenfalls Opfer von Angel wären.

Wie dem auch sei, bei mir hatten sie keinen Erfolg, ich habe sie durchschaut. Aber sie haben mich völlig vom Schreiben abgehalten, deshalb möchte ich hier weg. Ich fliege direkt nach Colombo, gehe erst zum ›Galleface Hotel‹ und dann vielleicht an einen kleineren Ort in den Bergen. Ich telegrafiere gleich, wenn ich dort ankomme, dann wirst Du wohl gerade diesen Brief erhalten haben. Herzlichst G.

»Gilbert«, sagte Angel, »den Brief können Sie unmöglich abschicken.«

»Das tue ich aber, mit Luftpost von Port Said aus.«

»Das wird Ärger geben.«

»Das hoffe ich sogar.«

»Sie verstehen nicht, worum es bei unserer Arbeit geht. Kennen Sie T. S. Eliots ›Cocktail Party‹, und wenn, erinnern Sie sich an den zweiten Akt? Wir sind wie die Gruppe, die dort auftritt, einige Verschworene, die hinter den Kulissen arbeiten, alle Fäden in der Hand halten und überall Gutes tun ...«

»Sie sind nichts als ein Wichtigtuer, der sich überall einmischt.«

»Hören Sie doch, Gilbert –«

»Und wer zum Teufel erlaubt Ihnen, mich beim Vornamen zu nennen?«

»Aber Gilbert –«

»Für Sie immer noch Mr. Pinfold.«

»Mr. Pinfold, ich gebe ja zu, daß es in Ihrem Fall Pannen gegeben hat. Wir lassen Sie von nun an in Ruhe, wenn Sie diesen Brief vernichten.«

»*Ich* verlasse *Sie,* mein lieber Mr. Angel. Die Frage stellt sich für mich nicht mehr.«

Goneril mischte sich ein: »Dafür werden wir dir die Hölle heiß machen! Wir kriegen dich, Gilbert, und das weißt du auch. Wir lassen dir keine Ruhe. Wir haben dich ja schon.«

»Ach, halt die Klappe«, sagte Mr. Pinfold. Er fühlte sich als Sieger nach der Schlacht. Mit ihren neuartigen barbarischen Waffen waren sie aus dem Hinterhalt über ihn hergefallen, während er krank und schwach, sozusagen ein Fall für das Rote Kreuz gewesen war; aber er hatte alle Kraft zusammengenommen und die Feinde aufs Haupt geschlagen. Ihre ganze Strategie hatte ihnen nichts genützt, jetzt blieb ihnen nichts übrig als Nadelstiche.

Diese allerdings bekam er in den letzten vierundzwanzig Stunden der Reise reichlich zu spüren. Während er dem Zahlmeister seine Absichten mitteilte und telegrafisch den Flug nach Colombo buchte, umgab ihn das Gezeter der höhnischen, drohenden oder schmeichlerischen Stimmen.

»Du kannst von hier nicht weg, Gilbert. Sie lassen dich nicht vom Schiff. Du stehst unter ärztlicher Beobachtung. Du kommst in die Klapsmühle, Gilbert, du bist ja verrückt ... Du hast nicht genug Geld, du kannst kein Auto mieten ... Dein Paß ist abgelaufen ... Die Reiseschecks nimmt in Ägypten niemand ... Er hat aber Dollars, der Hund ... Das ist illegal, er hätte sie anmelden müssen, dafür wird er bestraft ... Am Suezkanal ist militärisches Sperrgebiet (es war das Jahr 1954), da lassen sie dich nicht durch. ... Ägyptische Terroristen werfen Bomben auf Privatautos ...«

Mr. Pinfold wehrte sich mit denselben Waffen. Zwar mußte er alles mitanhören, was sie sagten, aber auch sie mußten ihm zuhören. Seine Gefühle konnten sie nicht wahrnehmen, aber jeder Gedanke, den sein Gehirn in Worte formte, tönte in Angels Hauptquartier wider, und sie waren offenbar nicht imstande, abzuschalten. Mr. Pinfold versuchte, sie durch puren Stumpfsinn zu zermürben. In der Schiffsbücherei fand er ein zerlesenes Exemplar von ›Westward Ho!‹, darin las er stundenlang. Zuerst versuchte Goneril noch, seine Aussprache zu korrigieren, und Angel tat so, als ob sich aus seiner Betonung der einzelnen Sätze psychologische Folgerungen ziehen ließen, aber nach einiger Zeit gaben sie auf und riefen voll Verzweiflung: »Gilbert, aufhören, um Himmels willen.«

Doch jetzt waren *sie* dran, gequält zu werden. Mr. Pinfold verdrehte den Text, übersprang einzelne Zeilen oder Wörter, las dann rückwärts, bis sie um Gnade bettelten; trotzdem las er ohne Erbarmen Stunde um Stunde weiter.

Am letzten Abend auf dem Schiff erfüllte ihn eine wohlwollende Abschiedsstimmung, außer gegenüber Angel und Goneril. Unter den Passagieren hatte sich herumgesprochen, daß er von Bord gehen würde; während er sich unter ihnen bewegte, fing er Gesprächsfetzen auf, die Bedauern ausdrückten.

»Ist es wirklich wegen Mr. Angel?« hörte er Mrs. Benson fragen.

»Er hat sich wohl über uns alle geärgert.«

»Das kann man ihm nicht übelnehmen. Es tut mir jetzt leid, daß ich mitgespielt habe.«

»Eigentlich war es nicht so lustig, ich konnte die Pointe nie so recht sehen.«

»Es hat ihn ja eine ganze Stange Geld gekostet. Er kann es sich zwar leisten, aber es ist trotzdem nicht fair.«

»Ich habe ohnehin nicht alles geglaubt, was über ihn erzählt wurde.«

»Ich hätte ihn gern näher kennengelernt. Er ist wohl eigentlich ein netter Mensch.«

»Und auch sehr vornehm. Wir haben uns wie ein Haufen ungezogener Kinder benommen.«

Von Haß oder Spott war in den Gesprächen nichts mehr zu hören. Beim Cocktail vor dem Essen traf er Mr. und Mrs. Scarfield.

»In ein, zwei Tagen kommen wir in die Wärme«, sagte sie.

»Ich bin dann nicht mehr hier.«

»Nicht mehr hier? Wollten Sie nicht nach Colombo?«

Er sagte, er habe seine Reisepläne geändert.

»Ach, das ist aber schade«, sagte sie und meinte es offenbar ehrlich. »Erst nach Port Said lernt man sich gegenseitig so richtig kennen.«

»Ich könnte zum Dinner wieder an Ihren Tisch kommen.«

»O ja, das wäre nett. Sie haben uns gefehlt.«

Also saß Mr. Pinfold beim Dinner am Kapitänstisch und bestellte Champagner für alle. Außer der kleinen Gesellschaft am Tisch wußte niemand von den Gästen, daß seine Abreise unmittelbar bevorstand. Von dem ganzen Getümmel während der Reise hatte diese Gruppe, die sich abseits von den anderen hielt, nichts mitbekommen. Über die Rolle des Kapitäns war sich Mr. Pinfold immer noch im Zweifel. Schließlich hatte der alte Seebär mit seinem Admiralsblick unvorstellbare Dinge mitangesehen und einfach geduldet.

»Schade, daß Sie uns verlassen, gerade jetzt, da es Ihnen bessergeht.« Kapitän Steerforth erhob sein Glas. »Hoffentlich haben Sie einen guten Flug.«

»Dringende Geschäfte, vermutlich?« fragte Glover.

»O nein, nur Ungeduld«, erwiderte Mr. Pinfold.

Nach dem Essen saß man noch ein wenig zusammen. Glover gab ihm gute Ratschläge für Colombo, nannte die Adresse eines Schneiders und mehrere angenehme Hotels in der Umgebung.

Als man sich erhob, verabschiedete Mr. Pinfold sich, weil die ›Caliban‹ in den frühen Morgenstunden schon anlegen sollte.

Auf dem Weg zu seiner Kabine lief ihm eine dunkle Gestalt über den Weg. Es war Mr. Murdoch, der stehenblieb und ihn ansprach. Er war etwas ungehobelt, und seine Stimme verriet, daß er in Nordengland, im Industriegebiet, zu Hause war.

»Vom Zahlmeister höre ich, daß Sie morgen aussteigen. Ich auch. Wie wollen Sie nach Kairo kommen?«

»Ich habe noch nicht darüber nachgedacht. Mit der Eisenbahn, denke ich.«

»Schon mal mit einem Eingeborenenzug gefahren? Ein Schweinestall, und furchtbar langsam. Wissen Sie was, meine Firma schickt mir ein Auto. Kann Sie gerne mitnehmen.«

Sie verabredeten sich für den anderen Morgen.

Die Nacht gehörte noch Angel und Goneril. »Diesem Murdoch kannst du nicht trauen«, flüsterten sie, »er ist dein Feind.« Weil er in der Kabine keine Ruhe fand, verbrachte Mr. Pinfold die Nachtstunden an Deck. Er hielt Ausschau nach dem alten kleinen Leuchtturm von Port Said, erkannte dessen Lichtstrahl, sah den Lotsen und die Zollbeamten mit dem Fes auf dem Kopf an Bord kommen und betrachtete die Hafenanlagen, die langsam in Sicht kamen und selbst zu dieser Stunde von Andenkenverkäufern wimmelten.

Im Trubel des Aufbruchs und während der Befragung durch den Zoll wurde Mr. Pinfold nur hin und wieder bewußt, daß Angel und Goneril immer noch krakeelten und ihn beunruhigen wollten. Als er jedoch endlich die Gangway hinunterschritt, verstummten sie. Mr. Pinfold war schon oft in Port Said gewesen und hätte nie gedacht, daß er sich über ein Wiedersehen freuen könnte. Heute war es aber so. Geduldig schaute er zu, wie die unrasierten Beamten mit der Zigarette zwischen den Lippen seinen Paß und sein Gepäck überprüften, und er bezahlte ohne Murren verschiedene absurde Gebühren. Ein englischer

Vertreter von Mr. Murdochs Firma war erschienen und warnte sie: »... Mit dem Auto nach Kairo ist ziemlich riskant. Letzte Woche nahm jemand ein Mietauto, aber der eingeborene Chauffeur fuhr gleich hinter Ismailia vom Weg ab in ein Dorf. Dort wurde er überfallen, sein Gepäck geraubt, sogar seine Kleider, er war splitternackt, als die Polizei ihn fand. Und wissen Sie, was die sagte? Er hätte noch Glück gehabt, daß sie ihm nicht die Kehle durchgeschnitten hätten.«

Mr. Pinfold regte sich darüber nicht auf. Er brachte den Brief an seine Frau zur Post, trank mit Murdoch eine Flasche Bier in einem Café und ließ sich zwei- oder dreimal seine Schuhe putzen. Vom Café aus konnte er die Schornsteine der ›Caliban‹ deutlich erkennen, aber es waren keine Stimmen zu hören. Als sie im Auto saßen, entschwand das Unglücksschiff seinen Blikken.

Auf der Straße nach Kairo war jetzt mehr vom Krieg zu sehen als vor zehn Jahren, als die Deutschen unter Rommel vor den Toren gestanden hatten. Sie fuhren an Stacheldrahtverhauen vorbei, mußten an zahllosen Straßensperren anhalten und ihre Papiere vorzeigen und schlichen in einer Staubwolke hinter Militärkolonnen her, wo auf jedem Fahrzeug ein Tommy mit schußbereitem Gewehr hockte. Dann ein längerer Halt und gründlichere Kontrolle an der Grenze der Kanalzone; von hier an sah man statt der gebräunten, wortkargen englischen Soldaten ebenso braune und schweigsame Ägypter in fast den gleichen Uniformen. Murdoch hatte wenig zu reden, und Mr. Pinfold saß, in ungewohnte Stille eingehüllt, wie unter einer Glasglocke.

Im Kriege war er einmal zu einem Lehrgang für Fallschirmspringer kommandiert worden, der für ihn schnell und unrühmlich zu Ende ging, weil er sich beim ersten Absprung ein Bein brach. Aber der Augenblick der Befreiung, als er nach der Betäubung durch den Propellersog wieder zu sich kam, war der friedlichste, entrückteste Moment seines Lebens. Nur fünfzehn Sekunden früher hatte er auf dem Boden der Maschine gekauert, neben der offenen Luke, im Halbdunkel, in ohrenbetäubendem Lärm, von Gurten eingeengt, andere angstschlotternde Anfänger neben sich. Auf das Signal hin stürzte er, besinnungslos, in die Tiefe. Als er wieder zu sich kam, schwebte er in einem ungeheuer stillen, sonnenüberfluteten Himmel, grenzenlos allein und sanft gehalten von dem, was ihn vorher gefesselt hatte. Trotz der Fallschirme ringsum, an denen andere Körper pendelten, und der Geräusche vom Boden her, wo der Ausbilder in sein Megaphon brüllte, fühlte Mr. Pinfold sich absolut frei von allem Menschlichen, das einzige Wesen in diesem Universum zwischen Himmel und Erde. Der Rausch war kurz. Fast sofort ging ihm auf, daß er nicht schwebte, sondern fiel; der Rasen stürzte auf ihn zu, ein paar Sekunden später lag er im Gras, in Schnüre verstrickt, atemlos, zerschunden, mit stechenden Schmerzen im Schienbein. Aber in dem Augenblick erhabener Einsamkeit hatte der meistens so prosaische Mr. Pinfold erlebt, was sonst nur den Haschischrauchern, den alten Götzenpriestern und den neuen kalifornischen Gurus mit ihrer Hintertreppen-Mystik zuteil wird. Auf dem Wege nach Kairo war seine Stimmung kaum weniger euphorisch.

In Kairo sah man noch die Narben und Zerstörungen von den Aufständen. Es war schwierig, ein Hotelzimmer zu finden, weil der Verkauf der Briefmarkensammlung des Königs die Händler in Mengen angelockt hatte. Mr. Murdoch verhalf ihm zu einem Zimmer und, als es mit dem Flug nicht klappen wollte, auch zu einem Flugticket. Es dauerte zwei Tage, bis Mr. Pinfold alle nötigen Papiere zusammen hatte, darunter ein ärztliches Gesundheitszeugnis und eine eidesstattliche Versicherung, daß er Christ war – die brauchte man für einen Aufenthalt in Saudi-Arabien. Sein Flugzeug ging um Mitternacht;

vorher lud Murdoch ihn zu einem Dinner mit Geschäftsfreunden in Ghezira ein.

»Die Leute werden sich freuen, sie sehen so selten jemanden aus der Heimat. Und, ehrlich gesagt, ich wäre froh, wenn Sie mitkämen. Im Dunkeln fahre ich nicht gern allein im Auto.«

Sie begaben sich also zusammen in ein Stadtviertel mit teuren modernen Hochhäusern. Der Fahrstuhl funktionierte nicht. Als sie die Treppe hinaufstiegen, trafen sie auf einen ägyptischen Soldaten, der Nüsse kauend vor einer Wohnungstüre hockte. Sein Gewehr lehnte an der Wand.

»Eine von den älteren Damen aus der Familie des ehemaligen Königs«, sagte Murdoch. »Eine Prinzessin unter Hausarrest.«

Die Gastgeber empfingen sie sehr liebenswürdig. Mr. Pinfold sah sich im Wohnzimmer um, das mit den Trophäen jahrelangen Aufenthalts im Orient angefüllt war. Auf dem Kaminsims stand ein kleines, gerahmtes Foto von einem englischen Peer im festlichen Ornat. Mr. Pinfold betrachtete es genauer.

»Ach, ist das nicht Simon Dumbleton?«

»Ja, ein guter Freund von uns. Kennen Sie ihn?«

Ehe Mr. Pinfold antworten konnte, mischte eine häßliche Stimme sich ein. »Das ist nicht wahr, Gilbert«, sagte Goneril. »Du bist ein Lügner und ein Snob. Du gibst nur vor, ihn zu kennen, weil er ein Lord ist.«

Pinfold kehrt zurück

Drei Tage später landete Mr. Pinfold in Colombo. Er hatte eine Nacht fast ohne Schlaf im Flugzeug verbracht, während auf dem Platz neben ihm ein blaßgesichtiger Parse sich grunzend und schnarchend herumgerekelt hatte; die nächste Nacht, allein in einem riesigen Hotel in Bombay, wo kein Alkohol ausgeschenkt wurde, war fast ebenso schlaflos. Tag und Nacht lagen ihm Angel, Goneril und Margaret mit ihren jeweiligen Anfechtungen in den Ohren. Allmählich verhielt er sich wie eine Mutter von zankenden Kleinkindern, die ihrer Arbeit nachgeht, ohne das Geschrei überhaupt zu beachten, nur – er hatte keine Arbeit. Er saß Stunden um Stunden irgendwo herum und wartete auf Mahlzeiten, auf die er keinen Appetit verspürte. Aus purer Langeweile ließ er sich mitunter auf ein Gespräch mit Margaret ein und erfuhr von ihr weitere Einzelheiten der Verschwörung.

»Bist du noch auf dem Schiff?«

»Nein, wir haben es in Aden verlassen.«

»Ihr alle?«

»Ja, wir alle drei.«

»Und die anderen?«

»Es gab keine anderen, Gilbert, nur meinen Bruder, meine Schwägerin und mich. Unsere Namen waren auf der Passagierliste, Mr. und Mrs. und Miss Angel. Ich dachte, du hättest das verstanden.«

»Aber deine Mutter und dein Vater?«

»Sie sind daheim, in England, ganz in der Nähe von Lychpole.«

»Waren sie denn nicht auf dem Schiff?«

»Liebster, du bist wirklich schwer von Begriff. Was du gehört hast, war mein Bruder. Er ist ein ausgezeichneter Parodist, darum ist er ja beim Rundfunk genommen worden.«

»Und Goneril ist seine Frau? Dann gab es kein Verhältnis zwischen ihr und dem Kapitän?«

»Nein, natürlich nicht. Sie ist zwar gräßlich, aber nicht auf diese Art. Das alles gehörte zu dem Plan.«

»Langsam fange ich an, einiges zu verstehen. Es ist alles sehr kompliziert.« Eine Weile zerbrach er sich schweigend den Kopf, dann gab er es auf und fragte: »Und was tust du in Aden?«

»Ich? Nichts. Die anderen haben ihre Arbeit, aber ich langweile mich schrecklich. Kann ich mich hin und wieder mit dir unterhalten? Ich weiß, ich bin nicht besonders klug, aber ich werde versuchen, dich nicht anzuöden. Ich sehne mich so sehr nach Gesellschaft.«

»Weshalb siehst du dir nicht die Meerjungfrau an?«

»Was meinst du damit?«

»In Aden gibt es, soviel ich weiß, in einem Hotel eine Meerjungfrau, eine ausgestopfte, in einer Kiste.«

»Du ziehst mich auf, Gilbert.«

»Keineswegs. Außerdem – wie kann jemand aus deiner Familie sich darüber beschweren? Ausgerechnet übers Aufziehen?«

»Ach Gilbert, du verstehst uns falsch. Wir wollen dir ja nur helfen.«

»Wer zum Teufel sagt, daß ich Hilfe brauche?«

»Sei nicht böse, Gilbert, jedenfalls nicht auf mich. Du brauchtest Hilfe, glaub mir das. Meistens hilft ihr Eingreifen ganz vorzüglich.«

»Mir hat es nicht geholfen, das ist ja wohl jetzt klar.«

»Ach nein«, sagte Margaret traurig, »es hat nicht geholfen.«

»Warum laßt ihr mich dann nicht in Ruhe?«

»Weil sie dich hassen. Sie werden dir keine Ruhe lassen, und ich auch nicht. Weil ich dich liebe. Versuche, mich ein wenig gern zu haben, Liebster.«

Von Kairo bis Colombo unterhielt er sich fast ununterbrochen mit Margaret, aber die Angels, sie und ihn, würdigte er keines Wortes.

Ceylon war für Mr. Pinfold Neuland, aber er verspürte nicht die geringste Entdeckerfreude. Er kam müde und verschwitzt an und hatte nicht die richtige Kleidung dabei. Er brachte sein Gepäck zum Hotel und suchte dann als erstes den Schneider auf, den Glover ihm empfohlen hatte. Der Mann versprach, sich über Nacht an die Arbeit zu machen und am nächsten Morgen drei Anzüge zur Anprobe bereit zu haben.

»Darin siehst du lächerlich aus, du bist viel zu dick. Sie werden dir nicht passen ... Sie sind viel zu teuer ... Der Schneider lügt, er wird es gar nicht schaffen ...« redete Goneril dauernd dazwischen.

Mr. Pinfold kehrte zum Hotel zurück und schrieb an seine Frau:

»Ich bin hier gesund und munter angekommen. In Colombo gibt es nicht viel zu sehen. Sowie ich meine neuen Anzüge habe, reise ich weiter. Aber ich bezweifle, daß ich viel zum Arbeiten kommen werde. Als ich das Schiff verließ, dachte ich, ich würde nun diese Psychoanalytiker und ihre verdammte Box hinter mir lassen, aber da wurde ich enttäuscht. Sie quälen mich immer noch, obwohl inzwischen ganz Indien zwischen uns liegt. Während ich dies schreibe, reden sie dauernd dazwischen. Auf diese Weise werde ich bestimmt mit meinem Buch nicht weiterkommen. Es muß doch einen Weg geben, diese Bio-Strahlen auszuschalten, vielleicht sollte ich Pater Westmacott zu Rate ziehen, wenn ich zurückkomme. Er weiß ja allerhand über Existentialismus und Psychologie und Geister und Teufelsbeschwörung.

Manchmal frage ich mich, ob ich nicht wirklich vom Teufel heimgesucht werde.«

Er gab diesen Brief per Luftpost auf. Dann setzte er sich auf die Hotelterrasse und sah zu, wie die neuen, billigen Autos nacheinander vorfuhren. Wenigstens konnte man hier, im Gegensatz zu Bombay, etwas zu trinken bekommen, also trank er eine Flasche englisches Bier. Als der Himmel schwarz wurde und ein Gewitter sich zusammenzog, stand er auf und ging in die Halle, in der sich die Gäste drängten. In einer Ansammlung wie dieser traf ein Mann wie Mr. Pinfold fast immer auf ein bekanntes Gesicht. Ein Mann sprach ihn an, den er aus New York kannte, ein Kunsthändler, der sich auf der anderen Seite der Insel eine alte Ruinenstadt ansehen wollte. Er schlug Mr. Pinfold vor, ihn zu begleiten.

In diesem Augenblick tauchte ein Diener geräuschlos neben ihm auf. »Mr. Peenfold, Sir. Telegramm.«

Es war von seiner Frau. »BITTE SOFORT ZURÜCKKOMMEN.« Es war nicht Mrs. Pinfolds Art, ihm solch eine Aufforderung zu schicken. War sie etwa krank? Oder eins der Kinder? War das Haus abgebrannt? Ein solches Unglück hätte sie sicher erwähnt. Eher machte sie sich wohl Sorgen um ihn. Hatte er in seinem Brief an sie aus Port Said irgend etwas geschrieben, was sie beunruhigen konnte? Er telegrafierte zurück: »ALLES IN ORDNUNG. RÜCKKEHR DEMNÄCHST. RUINENBESICHTIGUNG. BRIEF FOLGT« und setzte sich mit seinem neuen Reisegefährten zum Essen. Sie hatten mancherlei gemeinsame Freunde und Erinnerungen und unterhielten sich so angeregt, daß Mr. Pinfold die Angels völlig vergaß. Sie meldeten sich erst, als er wieder allein in seinem Hotelzimmer war. »Wir haben zugehört, Gilbert. Du hast dich vor dem Amerikaner aufgespielt. Du hast niemals in Rhinebeck gewohnt, von Magnasco hast du nie gehört, und du kennst auch Osbert Sitwell nicht persönlich.«

»Mein Gott«, antwortete Mr. Pinfold, »ihr hängt mir zum Hals heraus!«

In der Ruinenstadt war es nicht so heiß. Die Fahrt unter schattenspendenden Baumkronen, vorbei an grauen Elefanten und den orangefarbenen Gestalten der kahlköpfigen Mönche, die gemächlich im Staub trotteten, war angenehm. In den Gasthäusern, wo sie anhielten, wurden sie von den alten Dienern aus der Kolonialzeit begrüßt und umständlich bedient. Mr. Pinfold fühlte sich wohl und genoß die Reise. Auf dem Rückweg hielten sie bei dem Schrein von Kandy an und sahen den berühmten Zahn des Buddha. Damit hatten sie alles gesehen, was Ceylon an Kunstwerken zu bieten hat. Der Amerikaner wollte zum Fernen Osten weiterreisen, und so nahmen sie nach vier gemeinsamen Tagen vor dem Hotel in Colombo Abschied voneinander. Mr. Pinfold war wieder allein und wußte nicht recht, was er anfangen sollte.

Der Portier händigte ihm ein Paket von dem Schneider und ein Telegramm von seiner Frau aus. »BEIDE BRIEFE ERHALTEN. ICH KOMME SOFORT.« Es war am gleichen Tag in Lychpole aufgegeben worden.

»Er haßt seine Frau«, sagte Goneril. »Sie ist dir lästig, nicht wahr, Gilbert? Du willst nicht nach Hause, oder? Du willst sie nie wiedersehen.«

Das gab den Ausschlag. Er kabelte »BIN AUF DEM RÜCKWEG« und traf die nötigen Vorbereitungen.

Die drei neuen Anzüge waren in einem hellen, fast roséfarbenen Beige (»Du siehst hinreißend aus«, rief Margaret) und immerhin nicht ganz überflüssig; er trug sie nacheinander in den folgenden Tagen, zuerst noch in Colombo.

Es war ein Sonntag, und zum erstenmal, seit er krank geworden war, ging er zur Heiligen Messe. Die Stimmen folgten ihm.

Der Taxifahrer brachte ihn aus Versehen erst zur Anglikanischen Kirche. »Was macht das schon für einen Unterschied, Gilbert? Das ist doch alles Unsinn. Du glaubst nicht an Gott, und hier ist niemand, vor dem du heucheln kannst. Niemand hört deine Gebete außer uns. *Wir* werden sie zu hören bekommen. Du wirst darum beten, in Ruhe gelassen zu werden, nicht wahr, Gilbert? Aber nur wir werden dich hören, und wir lassen dich nicht in Frieden, niemals, Gilbert, niemals mehr ...« Aber als er schließlich die kleine katholische Kirche gefunden hatte, die – welche Ironie! – St. Michael und den Engeln geweiht war, folgte ihm nur noch Margaret in den schwach erleuchteten, überfüllten Kirchenraum. Sie kannte die Liturgie und gab die lateinischen Antworten mit heller, weicher Stimme. Das Evangelium und die Epistel wurden in der Landessprache gelesen. Während der kurzen Predigt fragte Mr. Pinfold: »Margaret, bist du katholisch?«

»In gewisser Weise, ja.«

»Auf welche Weise?«

»Danach darfst du nicht fragen.«

Sie erhob sich mit ihm zum Credo. Als das Glöckchen ertönte, drängte sie ihn: »Bete für *sie*, Gilbert. Sie haben es nötig.« Aber es war Mr. Pinfold unmöglich, für Angel und Goneril zu beten.

Am Montag buchte er den Rückflug. Am Dienstag verbrachte er zum zweitenmal eine unsäglich ruhelose Nacht in Bombay. Am Mittwoch abend in Karachi zog er wieder seinen Winteranzug an. Es gab keine Zwischenlandung in Aden, aber irgendwo hatte das Flugzeug vielleicht den Kurs der ›Caliban‹ gekreuzt. Solange sie sich über der Welt des Islam befanden, verfolgten die Stimmen Mr. Pinfold voller Haß. Erst auf dem Boden der Christenheit änderte sich der Ton. Beim Frühstück in Rom wandte Mr. Pinfold sich in seinem ziemlich schlechten Italienisch an den Kellner, der recht gut Englisch sprach – eine Anmaßung, die Goneril sofort ausnützte.

»Nix sprecke der Englisch«, höhnte sie. »Per favore. Dolce far niente.«

»Genug davon, halt jetzt den Mund«, herrschte Angel sie an.«

»Ich muß mit Gilbert ernsthaft reden. Paß auf, Gilbert, ich habe einen Vorschlag für dich.«

Doch Mr. Pinfold gab keine Antwort.

Immer wieder während des Fluges nach Paris versuchte Angel, mit ihm ins Gespräch zu kommen.

»Gilbert, hör doch zu. Wir müssen uns irgendwie einigen. Es bleibt uns nicht viel Zeit. Gilbert, alter Knabe, sei doch vernünftig.«

Das klang zuerst freundlich, dann drängend, schließlich flehentlich; die gebildete, kultivierte Stimme nahm auf einmal wieder den Akzent des Emporkömmlings an, der Mr. Pinfold bei ihrem ersten Zusammentreffen in Lychpole aufgefallen war.

»Antworte ihm doch, Gilbert«, bettelte Margaret. »Er macht sich große Sorgen.«

»Das muß er auch. Wenn dein jämmerlicher Bruder mit mir reden will, dann soll er mich anständig ansprechen. Für ihn bin ich ›Mr. Pinfold‹ oder ›Sir‹.«

»Jawohl, Mr. Pinfold, Sir«, sagte Angel.

»Das klingt schon besser. Was haben Sie zu sagen?«

»Ich möchte mich entschuldigen. Ich habe den ganzen Plan durcheinandergebracht.«

»Das haben Sie in der Tat.«

»Es war ein wichtiges wissenschaftliches Experiment. Ich habe dann persönliche Haßgefühle miteinfließen lassen. Es tut mir leid, Mr. Pinfold.«

»Na gut, dann seien Sie jetzt still.«

»Das ist es ja, was ich vorschlagen möchte. Hör mal, Gil– … Hören Sie, Mr. Pinfold, Sir, ich mache Ihnen ein Angebot. Ich werde den Apparat abschalten und versprechen – Ehrenwort! –, daß wir Sie nie wieder belästigen. Dafür erwarten wir nichts weiter, als daß Sie niemandem in England ein Sterbenswort erzählen. Unsere ganze Arbeit wäre ruiniert, wenn es bekannt würde. Wenn Sie schweigen, werden Sie nie wieder von uns hören. Ihrer Frau sagen Sie einfach, Sie hatten Ohrensausen von den grauen Pillen, oder sagen Sie, was Sie wollen – aber sagen Sie, daß es vorbei ist. Sie wird Ihnen glauben, sie wird sogar glücklich darüber sein.«

»Ich werde es mir überlegen«, sagte Mr. Pinfold.

Er überlegte es sich. Das Angebot war verlockend. Aber konnte man Angel vertrauen? Natürlich hatte er jetzt panische Angst, daß er bei BBC in Schwierigkeiten geraten würde.

»Nicht die Leute von BBC, Liebster«, sagte Margaret. »Die machen ihm keine Angst, sie wissen ja auch von den Experimenten. Aber Reggie Graves-Upton, *der* darf nie etwas erfahren. Er ist ein Vetter von uns, und er würde es bei allen Verwandten herumerzählen. Es würde die schrecklichsten Verwicklungen geben. Gilbert, versprich mir, daß du es *niemandem* sagst, am allerwenigsten Vetter Reggie.«

»Und du, Meg«, scherzte Mr. Pinfold liebevoll, »wirst du mich denn auch verlassen?«

»Ach, Gilbert, Liebling, darüber sollst du nicht spaßen. Ich war so gern bei dir. Ich werde dich mehr vermissen als jeden anderen Menschen, und ich werde dich niemals vergessen. Wenn mein Bruder den Apparat ausschaltet, wird mir sein, als müsse ich sterben. Aber ich weiß, daß ich leiden muß, und ich werde tapfer sein. Du *mußt* das Angebot annehmen, Gilbert.«

»Kurz vor London werde ich mich entscheiden«, sagte Mr. Pinfold.

Als sie sich über England befanden, fragte Angel: »Nun, wie ist die Antwort?«

»Ich sagte London.«

»Bitte anschnallen und das Rauchen einstellen.« Jetzt waren sie schon über dem Flughafen.

»Wir sind da«, rief Angel. »Also, was ist nun?«

»Das hier ist nicht London«, sagte Mr. Pinfold.

Aus Rom hatte er seiner Frau telegrafiert, daß er sich nach der Ankunft sofort zu ihrem gewohnten Hotel begeben werde. Er wartete nicht auf den Flughafenbus, sondern stieg in ein Taxi. Erst unterwegs, als sie durch Acton fuhren, sprach er wieder mit Angel. Er sagte:

»Die Antwort ist: nein.«

»Das kann nicht Ihr Ernst sein«, rief Angel ehrlich erschrokken aus. »Warum, Mr. Pinfold, Sir? Warum nur?«

»Erstens, weil ich Ihrem Ehrenwort nicht traue. Sie haben keine Ehre im Leibe. Zweitens, weil Sie und Ihre Frau mir ein Greuel sind. Sie haben mich schwer gekränkt, dafür müssen Sie bestraft werden. Drittens sind meiner Meinung nach Ihre Pläne, Ihre ›Arbeit‹, wie Sie das nennen, gemeingefährlich. Sie haben mindestens einen Menschen zum Selbstmord getrieben, vielleicht sogar noch mehrere, von denen ich nichts weiß. Bei mir haben Sie es auch versucht. Gott allein weiß, was Sie Roger Stillingfleet angetan haben und wer Ihr nächstes Opfer sein wird. Außerdem, von meiner persönlichen Entrüstung einmal ganz abgesehen: Sie sind ja gemeingefährlich, Ihnen muß man das Handwerk legen.«

»Also gut, Gilbert, du willst es offenbar nicht anders ...«

»Für Sie bin ich nicht ›Gilbert‹. Und reden Sie nicht wie ein Hollywoodgangster.«

»Na gut, Gilbert. Dafür wirst du bezahlen.«

Aber die Drohung klang leer. Angel war nicht nur geschlagen, er wußte es auch.

»Mrs. Pinfold ist seit einer Stunde hier«, sagte der Portier. »Sie erwartet Sie in Ihrem Zimmer.«

Während Mr. Pinfold im Lift hinauffuhr, den Korridor entlangging und die Tür öffnete, kamen Angel und Goneril mit und redeten sich heiser. Er war verlegen, als er seine Frau begrüßte.

»Du siehst ganz normal aus«, sagte sie.

»Ich *bin* auch normal. Und dies Problem, von dem ich dir schrieb, wird sich wohl auch aufklären. Entschuldige bitte, daß meine Begrüßung nicht besonders zärtlich ausfällt, aber ich empfinde es als etwas peinlich, wenn drei Leute jedes Wort mitanhören, das man sagt.«

»Ja«, sagte Mrs. Pinfold, »das muß sehr peinlich sein, das kann ich mir vorstellen. Hast du schon gegessen?«

»Ja, in Paris, vor einigen Stunden. Die Zeitverschiebung natürlich eingerechnet.«

»Ich noch nicht. Dann bestelle ich jetzt etwas.«

»Du magst sie nicht, Gilbert. Wie langweilig sie dir ist!« kreischte Goneril.

»Glaube ihr kein Wort«, warnte Angel.

»Hübsch ist sie ja«, räumte Margaret ein, »und sehr freundlich zu dir. Aber du bist zu schade für sie. Du meinst, ich bin eifersüchtig? Schön, das bin ich.«

»Entschuldige, daß ich etwas schweigsam bin«, sagte Mr. Pinfold. »Diese widerlichen Leute reden mir immer dazwischen.«

»Wie lästig«, sagte Mrs. Pinfold.

Der Zimmerkellner kam mit einem Tablett. Als er gegangen war, sagte Mrs. Pinfold: »Was diesen Mr. Angel angeht, so mußt du dich geirrt haben. Sowie ich deinen Brief bekam, rief ich Arthur beim BBC an und erkundigte mich. Angel war die ganze letzte Zeit in England.«

»Hör nicht drauf, Gilbert. Alles gelogen.«

Mr. Pinfold war wie vor den Kopf geschlagen.

»Bist du dir ganz sicher?«

»Frag ihn doch selbst.«

Mr. Pinfold griff zum Telefon. Arthur war ein alter Freund von ihm und hatte beim Rundfunk eine leitende Stellung.

»Hör zu, Arthur, dieser Mensch, der letzten Sommer wegen des Interviews bei mir war – habt ihr den nicht nach Aden geschickt? Nein? In England? ... Nein, ich will ihn nicht sprechen, es ist nur ... Auf dem Schiff war jemand, der ihm sehr ähnlich sah ... Danke.«

Zu seiner Frau sagte er: »Also – ich weiß nicht, was ich davon halten soll.«

»Jetzt kann ich ja die Wahrheit sagen«, ließ Angel sich vernehmen. »Wir waren überhaupt nicht auf dem Schiff. Die ganze Aktion wurde vom Studio in England aus gesteuert.«

»Die Aktion wurde von einem Studio in England aus gesteuert«, sagte Mr. Pinfold.

»Mein armer Junge«, sagte Mrs. Pinfold. »Es gab keine ›Aktion‹. Du bildest dir das alles nur ein. Um ganz sicher zu gehen, habe ich Pater Westmacott gefragt, wie du vorgeschlagen hattest. Er meint, das Ganze ist ein Ding der Unmöglichkeit. Es gibt keine solche Erfindung der Gestapo oder von BBC, oder von den Existentialisten oder den Psychoanalytikern – nichts, gar nichts von der Art, wie du es dir vorstellst.«

»Keine Box?«

»Nein, keine Box.«

»Glaube ihr nicht. Alles gelogen. Alles gelogen«, flüsterte Goneril, aber bei jedem Wort wurde ihre Stimme schwächer, als ob sie sich entfernte. Zuletzt klang ihre Stimme wie ein schwaches Kratzen auf einer Schiefertafel.

»Willst du behaupten, daß alles, was ich mir anhören mußte, nur Selbstgespräche waren? Das kann ich einfach nicht glauben.«

»Es ist aber wahr, Liebster«, sagte Margaret. »Ich habe keinen Bruder und keine Schwägerin, keinen Vater, keine Mutter, niemand ... Es gibt mich nicht, Gilbert. Ich existiere nirgends ... aber ich liebe dich, Gilbert. Es gibt mich nicht, aber ich liebe ... Adieu ... Liebe ...«, und damit wurde auch ihre Stimme zu einem Flüstern, einem Seufzer, einem leisen Rascheln noch und verklang.

Mr. Pinfold empfand die Stille. Zu oft hatte die scheinbare Erlösung von dem Tumult sich als trügerisch erwiesen. Jetzt, das spürte er, war wirklich Schluß. Niemand war bei ihm als seine Frau.

»Sie sind fort«, sagte er nach einer Weile. »Jetzt, in diesem Augenblick. Für immer, denke ich.«

»Hoffentlich ist es so. Was sollen wir nun machen? Ich konnte nichts planen, solange ich nicht wußte, in welchem Zustand du hier ankommen würdest. Von Pater Westmacott habe ich die Adresse eines Arztes, dem wir vertrauen können.«

»Ein Irrenarzt?«

»Nein, ein Psychologe. Aber ein Katholik, also kann man sich auf ihn verlassen.«

»Nein«, sagte Mr. Pinfold entschieden. »Von Psychologie habe ich genug. Warum nehmen wir nicht den Nachmittagszug nach Lychpole?«

Mrs. Pinfold zögerte. Sie war nach London gekommen mit der Vorstellung, möglicherweise ihren Mann in eine Nervenheilanstalt bringen zu müssen. »Solltest du nicht doch lieber einen Arzt fragen?«

»Vielleicht gehe ich zu Hause zu Dr. Drake.«

Ihr Zug fuhr vom Bahnhof Paddington. Sie nahmen Platz im Speisewagen, wo sie viele Bekannte aus der Nachbarschaft trafen, die auf dem Rückweg vom Einkaufsbummel in London waren. Während sie behaglich Tee tranken, flog draußen, hinter den dunklen, beschlagenen Fensterscheiben, die heimatliche Landschaft vorbei.

»Wir hörten, Sie wären in den Tropen, Gilbert.«

»Ich komme gerade von da zurück.«

»Sie waren ja nicht lange weg. War es nicht interessant?«

»Doch«, erwiderte Mr. Pinfold. »Interessant schon. Sogar sehr aufregend. Aber ich hatte es satt.«

Die Nachbarn hatten Mr. Pinfold schon immer für etwas seltsam gehalten.

»Es war *wirklich* aufregend«, sagte Mr. Pinfold zu seiner Frau, als sie im Taxi saßen. »Es war vielleicht das Aufregendste, was ich je erlebt habe.« Es sollte tagelang dauern, bis er ihr alle Einzelheiten seiner Höllenfahrt berichtet hatte.

Das Haus war kalt wie eh und je, obwohl der strenge Frost von Nebeln und Graupelschauern abgelöst worden war. Mr. Pinfold fühlte sich wie ein Krieger, der von einem schweren, wenn auch siegreich beendeten Feldzug heimgekehrt ist; behaglich saß er am Kamin und ließ alle Versuchungen, Prüfungen und Anfechtungen noch einmal an sich vorbeiziehen. Kein Ton drang mehr aus jener Zwischenwelt, in die er sich verirrt hatte, an sein Ohr, aber seine Erinnerungen hatten nichts traumhaft Verschwommenes an sich. Sie waren vollständig und klar umrissen, so deutlich in seinem Gedächtnis wie nur irgendein Erlebnis aus seinem wirklichen Leben. »Nur eins kann ich nicht verstehen«, sagte er sich. »Wenn alles, was die Angels über mich wußten, aus meinem Unterbewußtsein kam, warum war es dann ein solches Gewäsch? Ich bin überzeugt, wenn ich eine Selbstanklage zu verfassen hätte, so würde ein viel schwärzeres und überzeugenderes Sündenbekenntnis dabei herauskommen. Das verstehe ich nicht.«

Mr. Pinfold verstand dies zeitlebens nicht, und niemand konnte es ihm je vollständig erklären.

»Fast hätte ich Angels Vorschlag angenommen«, erzählte er seiner Frau einige Abende später. »Stell dir vor, ich hätte es getan, und die Stimmen hätten danach geschwiegen, so wie jetzt. Sicher hätte ich dann weiterhin an die Existenz der Teufelsbox geglaubt. Ich hätte mein Leben lang Angst gehabt, daß der Spuk jederzeit wieder anfangen könnte, oder daß mir immer jemand zuhörte, ohne daß ich es merkte. Es wäre ein schreckliches Dasein gewesen.«

»Es war tapfer von dir, das Angebot abzulehnen«, sagte Mrs. Pinfold.

»Es war wohl eher ein Wutanfall«, gestand Mr. Pinfold.

»Wie auch immer, du solltest den Arzt kommen lassen. Du warst doch offenbar nicht in Ordnung.«

»Es lag bloß an den Pillen«, sagte Mr. Pinfold.

Auch das erwies sich schließlich als Illusion. Als Dr. Drake ihn besuchte, sagte Mr. Pinfold: »Die grauen Tabletten, die Sie mir verordnet hatten, hatten eine ziemliche Wirkung.«

»Anscheinend haben sie geholfen«, meinte Dr. Drake.

»Können sie Wahnvorstellungen hervorrufen?«

»Du lieber Himmel. Auf keinen Fall.«

»Auch nicht zusammen mit Bromid und Chloral?«

»Chloral war in keinem der Mittel, die Sie von mir hatten.«

»Stimmt. Aber, um die Wahrheit zu sagen, ich hatte noch ein eigenes Schlafmittel.«

Dr. Drake nahm die Enthüllung mit Gleichmut auf. »Es ist immer dasselbe mit den Patienten, man weiß nie, was sie noch alles heimlich schlucken. Manche Patienten machen sich selbst buchstäblich krank.«

»Ich *war* buchstäblich krank, fast zwei Wochen lang. Ich hörte Stimmen.«

»Und jetzt haben sie aufgehört?«

»Ja.«

»Und Sie haben mit dem Bromid und Chloral aufgehört?«

»Ja.«

»Dann brauchen wir uns nicht weiter den Kopf zu zerbrechen. An Ihrer Stelle würde ich das Mittel nicht mehr nehmen, es bekommt Ihnen offenbar nicht. Ich schicke Ihnen ein anderes. Übrigens, diese Stimmen – sie waren wohl recht aggressiv, oder?«

»Und ob. Widerwärtig. Aber woher wissen Sie das?«

»Es ist meistens so. Viele Menschen hören gelegentlich Stimmen, und zwar fast immer feindliche.«

»Finden Sie, er sollte einen Psychiater aufsuchen?« fragte Mrs. Pinfold.

»Das kann er natürlich, wenn er Lust hat. Aber meines Erachtens handelt es sich um einen klaren Fall von Medikamentenvergiftung.«

»Gott sei Dank«, sagte Mrs. Pinfold. Mr. Pinfold jedoch stimmte dieser Diagnose nicht von ganzem Herzen zu. Er wußte – nur er und keiner sonst, nicht einmal seine Frau, am wenigsten der Arzt –, daß er durch die Hölle gegangen war, und daß er, ganz ohne fremde Hilfe, als Sieger zurückgekehrt war. Sein war der Triumph, wenn auch fortan in seinem Wagen der Sklave mitfuhr, der ihn stets an seine Sterblichkeit gemahnte.

Der nächste Tag war ein Sonntag. Nach der Kirche sagte Mr. Pinfold zu seiner Frau: »Weißt du, den Boxer kann ich heute nicht ertragen. Es wird wohl noch einige Wochen dauern, bis ich wieder imstande bin, mich mit ihm über seine Box zu unterhalten. Bitte laß in meinem Arbeitszimmer den Kamin anheizen, ich will mich ans Schreiben machen.«

Als das Feuer brannte und knisterte und ein Hauch von Wärme sich ausbreitete, setzte Mr. Pinfold sich zum ersten Mal seit seinem fünfzigsten Geburtstag wieder an seinen Schreibtisch. Er nahm aus der Schublade das unfertige Romanmanuskript und blätterte darin. Er hatte die Handlung klar vor Augen und wußte genau, wie der Text weitergehen sollte. Jetzt aber gab es erst einmal Wichtigeres zu tun: eine Fülle neuer, frischer Erfahrungen wollte verarbeitet sein, ehe sie verblaßten.

Er stopfte das Manuskript wieder in die Schublade, legte sich einen Stapel Konzeptpapier zurecht und schrieb auf das erste Blatt in fester, klarer Schrift:

GILBERT PINFOLDS HÖLLENFAHRT

Ein Genrebild

1. Kapitel: Bildnis des Künstlers in mittleren Jahren.

Evelyn Waugh im Diogenes Verlag

Auf der schiefen Ebene
Roman. Aus dem Englischen von Ulrike Simon
detebe 21173

Lust und Laster
Roman. Deutsch von Ulrike Simon
detebe 21174

Tod in Hollywood
Roman. Deutsch von Peter Gan
detebe 21175

Der Knüller
Roman. Deutsch von Elisabeth Schnack
detebe 21176

Charles Ryders Tage vor Brideshead
Erzählungen. Deutsch von Otto Bayer
detebe 21276

Wer zuerst kommt, mahlt zuerst
Erzählungen. Deutsch von Otto Bayer
detebe 21277

Gilbert Pinfolds Höllenfahrt
Roman. Deutsch von Irmgard Andrae
detebe 21326

Eine Handvoll Staub
Roman. Deutsch von Matthias Fienbork
detebe 21348

Schwarzes Unheil
Roman. Deutsch von Irmgard Andrae
detebe 21402

Mit Glanz und Gloria
Roman. Deutsch von Matthias Fienbork
detebe 21465

W. Somerset Maugham
Werkausgabe in Diogenes Taschenbüchern

Gesammelte Erzählungen in 10 Bänden
Aus dem Englischen von Felix Gasbarra, Marta Hackel, Ilse Krämer, Claudia und Wolfgang Mertz, Wulf Teichmann, Friedrich Torberg, Kurt Wagenseil, Mimi Zoff u.a.

Honolulu
detebe 21372

Das glückliche Paar
detebe 20332

Vor der Party
detebe 20333

Die Macht der Umstände
detebe 20334

Lord Mountdrago
detebe 20335

Das ewig Menschliche
detebe 21365

Ashenden oder Der britische Geheimagent
detebe 20337

Entlegene Welten
detebe 20338

Winter-Kreuzfahrt
detebe 20339

Fata Morgana
detebe 20340

Das gesammelte Romanwerk in bisher 13 Bänden

Rosie und die Künstler
Roman. Deutsch von Hans Kauders und Claudia Schmölders. detebe 20086

Silbermond und Kupfermünze
Roman. Deutsch von Susanne Feigl
detebe 20087

Auf Messers Schneide
Roman. Deutsch von N. O. Scarpi
detebe 20088

Theater
Ein Schauspielerroman. Deutsch von Renate Seiller und Ute Haffmans. detebe 20163

Damals und heute
Ein Machiavelli-Roman. Deutsch von Hans Flesch und Ann Mottier. detebe 20164

Der Magier
Ein parapsychologischer Roman. Deutsch von Melanie Steinmetz und Ute Haffmans
detebe 20165

Oben in der Villa
Ein kriminalistischer Liebesroman. Deutsch von William G. Frank und Ann Mottier
detebe 20166

Mrs. Craddock
Ein Liebesroman. Deutsch von Elisabeth Schnack. detebe 20167

Der Menschen Hörigkeit
Roman. Deutsch von Mimi Zoff und Susanne Feigl. detebe 20298

Südsee-Romanze
Roman. Deutsch von Mimi Zoff
detebe 21003

Liza von Lambeth
Ein Liebesroman. Deutsch von Irene Muehlon
detebe 21307

Don Fernando
oder Eine Reise in die spanische Kulturgeschichte. Deutsch von Matthias Fienbork
detebe 21325

Der bunte Schleier
Roman. Deutsch von Anna Kellner und Irmgard Andrae. detebe 21461

Alan Sillitoe
im Diogenes Verlag

Die Flamme des Lebens
Roman. Aus dem Englischen von Hanna Neves
Leinen

Der Sohn des Witwers
Roman. Deutsch von Peter Naujack
Leinen

Nihilon
Roman. Deutsch von Fritz Güttinger
Leinen

Der Tod des William Posters
Roman. Deutsch von Peter Naujack
detebe 20952

Der brennende Baum
Roman. Deutsch von Peter Naujack
detebe 20953

Samstagnacht und Sonntagmorgen
Roman. Deutsch von Gerda von Uslar. detebe 20230

Ein Start ins Leben
Ein Schelmenroman. Deutsch von Günter Eichel und
Anna von Cramer-Klett. detebe 20545

Die Einsamkeit des Langstreckenläufers
Erzählungen I. Deutsch von Günther Klotz
detebe 20413

Fußball
Erzählungen II. Deutsch von Hedwig Jolenberg und Günther Klotz
detebe 20414

Die Lumpensammlerstochter
Erzählungen III. Deutsch von Wulf Teichmann
detebe 20415

Mimikry
Erzählungen IV. Deutsch von Wulf Teichmann und
Anna von Cramer-Klett
detebe 20416

Männer, Frauen und Kinder
Erzählungen V. Deutsch von Wulf Teichmann
detebe 20417

Der Mann, der Geschichten erzählte
Roman. Deutsch von Hanna Neves
detebe 21473

Muriel Spark im Diogenes Verlag

Vorsätzlich Herumlungern
Roman. Aus dem Englischen von Hanna Neves
Leinen. Auch als detebe 21195

Das einzige Problem
Roman. Deutsch von Otto Bayer
Leinen

Memento Mori
Roman. Deutsch von Peter Naujack
detebe 20892

Junggesellen
Roman. Deutsch von Elisabeth Schnack
detebe 20893

Portobello Road
Erzählungen. Deutsch von Peter Naujack
und Elisabeth Schnack
detebe 20894

Die Blütezeit der Miss Jean Brodie
Roman. Deutsch von Peter Naujack
detebe 21055

Die Tröster
Roman. Deutsch von Peter Naujack
detebe 21089

Robinson
Roman. Deutsch von Elizabeth Gilbert
detebe 21090

Die Ballade von Peckham Rye
Roman. Deutsch von Elisabeth Schnack
detebe 20119

Mädchen mit begrenzten Möglichkeiten
Roman. Deutsch von Kyra Stromberg
detebe 21399

Das Mandelbaumtor
Roman. Deutsch von Hans Wollschläger
detebe 21466

Päng päng, du bist tot
Erzählungen. Deutsch von Matthias Fienbork
detebe 21533

Hoheitsrechte
Roman. Deutsch von Mechtild Sandberg
detebe 21580

Walter de la Mare
im Diogenes Verlag

Phantastische Erzählungen
Herausgegeben und aus dem
Englischen von Elizabeth Gilbert
Mit Zeichnungen von Edward Gorey

Sankt Valentinstag
detebe 21197

Die Orgie – eine Idylle
detebe 21236